倫敦夜啼鶯《ロンドンナイチンゲール》

Sakumi Yumeno
夢乃咲実

CHARADE BUNKO

Illustration

八千代ハル

CONTENTS

「へえ」

部屋に入ってきた男は、ルーイの顔を見て面白そうに言った。

「確かに結構美形だな、あいつの言ったとおりだ」

じろじろと眺める男の視線をまともに受けたくなくて、ルーイは俯《うつむ》いた。

口髭《くちひげ》を生やした三十前後の男。着ているものはかなり上等で、まさか貴族ではないだろうが上流階級の隅っこくらいにはいるのだろう。

だが、こんなロンドンの場末の、小汚い安ホテルで男の子を買おうというのだから、要するに「安く済ませたい変態」だということくらいはわかる。

一シリング。

それが今日の、ルーイの値段だ。

仕方ない。もう一週間、肉を食べていない。教会がやっている無料のスープキッチンに並ぶだけでは、空腹を満たすにはとても足りない。

ルーイ自身は我慢できるとしても、幼いサミィはいくらなんでもかわいそうだ。

それにサミィの靴もぼろぼろで、なんとかしてやらないと、サミィはこの冬を裸足《はだし》で過ごすことになる。

だから、我慢だ。

男はルーイに近寄ると、いきなり手を伸ばしてルーイのやわらかな髪をいやらしく撫でた。

「本物の金髪？　下も見せてみろよ。もう生えてるんだろう。年はいくつ？」

ルーイは、背中がざわりと粟立《あわだ》つように感じながらも、我慢して答える。

「年は……わかりません」

ロンドンの浮浪児で、自分の年を正確に知っている子はどれくらいいるのだろう。

たぶん、十六くらい。でももう少し上かもしれないし、下かもしれない。

だが幼く見せていたほうがこういう男の客がつく、ということは知っている。

そしてルーイ自身、色白で線が細く腕力もないので、ロンドンの街中にたむろしている少年たちの中では、「ひ弱な」グループだ。

本当は工場とか田舎《いなか》の炭鉱とかに働きに行ったっていい年だが、幼いサミィが一緒では無理だし、そういう過酷な仕事にルーイのような少年はそう長く耐えられないだろうと、口入れ屋さえもルーイにそういう仕事は回さない。

だから普段は路上の掃除とか、馬車待ちの客の前に馬車を連れていってチップを貰《もら》うとか、使い走りとか、そんな仕事をしているが、それではとても、自分とサミィが食べていくのには足りない。

そんなルーイがただひとつ、「商品」として持っているもの。

それは、容姿だ。

ルーイ自身はよくわからないけれど、淡い金髪と濃い碧の目、長い睫毛《まつげ》や滑らかな肌などが「ある種の男たち」好みであるらしい。

そして着ている服もどれだけの持ち主の手を経てきたかわからない古着ではあるが、その古着の選び方に「センスがある」らしく、「いいところのお坊ちゃんが落ちぶれた感じ」に見えるのだという。

実際には、物心ついたときには路上で生活していたのだから、お坊ちゃんなんかではない。

それでもそういうルーイを「モデルにしたい」という、無名の画家の老人のもとで三、四年生活したこともある。そのときだけは給金はないにしても、屋根の下で寝て、まあまあちゃんと食べることもできた。

その老人が死んで、救貧院を経てまた路上に戻ってからも、安い値段で画学生のモデルになることが時々ある。

何が楽しいのか裸のルーイを描きたがるので、服を脱ぐことも多い。

でも、今日のような仕事はまた別だ。

口入れ屋が時々「特別な仕事」としてルーイに持ってくるのは、見知らぬ男と二人きりになって、裸になって触られたり、時には触らせられたりする仕事だ。

ルーイは気持ち悪くていやで仕方ないから、本当にお金がないときだけ引き受ける。

男に触られながらずっと頭の中で考えているのは、サミィの笑顔だ。

本当の弟ではないけれど、救貧院で年長の少年たちに小突き回されていたところを助けて以来、ずっと一緒にいる。

家族というものを知らないルーイにとっては、無条件で慕われ、そして愛情を注ぐことのできる大事な存在だ。

そのサミィに、肉を食べさせてあげられる。

靴や服を買ってあげられる。

そのための我慢だ。

今も、男がにやにやしながらルーイのシャツの前をはだけさせ、湿った掌《てのひら》で肌に触り、下着の紐《ひも》を解いて下の毛も金髪だということをにやつきながら確かめるのを、唇を噛《か》んで耐える。

縮み上がった性器を指で持ち上げられるのにも、なんとか耐える。

客によっては、そこを手で擦《こす》ったり時には舐《な》めたりしてルーイを「興奮」させようとするけれど、客の前で勃起《ぼっき》したことなんて一度もない。

客が不満そうな顔になっても、これぱっかりはどうしようもない。

逆に、客のものを握らされて擦らされ、べっとりした精液を手の中にぶちまけられることもあるが、そんなときは情けなくて泣きたくなる。

薄汚れたシーツの上に座らせられたルーイの前に中腰で立っているこの男も、最後にはそれをさせるのだろうか、と考えたとき。

「おい、こっちは、本当にだめなのか？　もったいぶらずにやらせろよ」

男が脚の間に乱暴に手を入れ、ルーイの臀《しり》の狭間《はざま》に指を突っ込んでこようとした。

「やめてください！」

ルーイはぎょっとして、男の身体《からだ》を思い切り押した。

「うわ！」

男は床に尻餅《しりもち》をついた。

ルーイは立ち上がって下着を引っ張り上げる。

「何をする！」

顔を真っ赤にして立ち上がる男に、ルーイはきっぱりと言った。

「そっちは触らないで。約束が違う」

口でしてやれば金額は倍、臀に入れさせてやれば、三倍だと口入れ屋は言う。

お金は魅力だ。でも、それだけはいやだ。

身体の表面を触るのと、内側まで踏み込まれるのは、全然違うことだ。

教会の教えに背くとか警察にしょっぴかれるとか、そんなことが理由ではなく、ただただ本当に、本能的にいやなのだ。

「このっ」

男が壁に立てかけていた自分のステッキを摑《つか》んでルーイに向かって振り下ろすのをなんとか躱《かわ》し、ルーイはドアのノブに飛びついた。

「この小僧！　覚えていろ！」

わめき立てる声を背後に、狭い階段を駆け下りる。

ホテルから飛び出すと迷路のような路地をいくつか折れ曲がり、もう追ってこないと確信できるところまで走って、ようやくルーイは立ち止まり、シャツのボタンを留めた。

……いやな思いだけして、一ペニーにもならなかった。

それが口惜しい。

客は、口入れ屋に先払いした金を無駄にしただろうが、そんなことは構わない。

ただ、今日は、サミィに肉を買ってやれない。

気が重いが、サミィを迎えに行かなくては。

ルーイがこういう「仕事」をしている間、サミィはねぐらで、ひとりぼっちで震えながら待っているのだ。

それにしても……今日のような仕事はやはり危険だ。いつか力尽くでやられてしまうのではないかという恐怖が常にある。

そうなったら口入れ屋も「一回も二回も同じ」と言って、そんな客ばかり回すようになるのだろう。

男でありながら娼婦《しょうふ》のような身になる。

そんな少年たちが客に乱暴されて大怪我《おおけが》をしたり、病気をうつされたりして長生きできないことくらいは知っている。

でもだからといって、掃除や使い走りだけではサミィを育てられない。

触ったり触られたりするだけなら……我慢しなくては。そうして、なんとか自分の身は自分で守っていかなくては。

それでも、いったい自分はいつまでこんなふうに生きていくのだろう、というぼんやりとした不安感はルーイの胸の奥底に常にわだかまっていた。


時計店から一人の若い紳士が出てきた。

すらりと背が高く、通りでもひときわ目立つ。

山高帽を被《かぶ》り毛織りのコートを着て、黒い革の鞄《かばん》を持っている。

年は三十前後だろうか、髭は生やしていないが、鼻筋の通った男らしい顔立ちで、品のある紳士だ。

その紳士が視線を左右に動かしたのを見て、ルーイはさっと駆け寄った。

「旦那さん、馬車ですか」

「ああ」

紳士が頷《うなず》いたので、ルーイは連れていたサミィを紳士の脇に立たせた。

「すぐ呼んできます！」

そう言って、向こうの角を曲がろうとしていた辻《つじ》馬車に向かって手を振る。

他の子どもに客を取られないように急がなくてはいけないのだ。

御者が頷いてこちらに向きを変えたので、ルーイは紳士のもとに駆け戻った。

黒い髪に大きな目のサミィは、黙って紳士を見上げている。

「どちらまでですか？」

ルーイが尋ねると、紳士は答えた。

「キングスクロスまで頼みたい」

低く穏やかな、優しい感じの声だ。

紳士の前で馬車が止まったので、ルーイは紳士のために扉を開け、それから御者台に向かって言った。

「キングスクロスまで」

「あいよ」

御者が頷き、ルーイは扉を閉めるためにまた馬車の脇に戻る。

紳士はもう小銭を用意していた。

「ありがとう」

低く穏やかな、耳に心地よい声。

わざとらしくないやわらかな笑みを浮かべて、鳶色《とびいろ》の目で真っ直《ます》ぐにルーイを見てそう言ってくれる。

そして掌に落とされる銅貨の感触。

馬車が動き出そうとしたので、ルーイは慌ててサミィの小さな身体が車輪に巻き込まれないように引き寄せた。

馬車はゆっくりと動き出す。

「今日はこれで五人目、いいほうだね」

ルーイがそう言うとサミィも頷いてにっこりと笑う。

大事な硬貨を握り締めた掌を開き、ルーイははっとした。

六ペンス硬貨だ。

こういうときのチップは一ペニーと相場が決まっている。

特別な何かをしたわけでもないのに六ペンスくれる人なんていない。

きっと紳士は間違ったのだ。

「どうしよう」

馬車はとっくに見えなくなっている。

幸運だったと思って貰っておいてもいいはずだ。

他の少年たちだったらもちろんそうしているだろう。

もしもあの紳士がもっと冷たい雰囲気で、投げるようによこした硬貨だったら、ルーイもまあいいか、と思えたかもしれない。

だが、ほんの一言二言言葉を交わしただけでも「親切で優しい、いい紳士」だとわかる人から、間違った金額のチップを貰ってしまうのはなんだか後味が悪い。

ルーイはそんなことを考えてしまい、その六ペンスを使うことがどうしてもできなかった。


数日後、いつもの辻で馬車待ちをしている人がいないかと注意しながら、たったひとつの商売道具である箒《ほうき》で道を掃いていたルーイははっとした。

先日の若い紳士だ。

背が高く、背筋を真っ直ぐに伸ばして大股で歩いている。

今日も鞄を持ち、それとは別に大きな紙の包みを抱えていて、先日出てきた時計店にまた入っていく。

ルーイは慌ててサミィの手を握り、時計店の前まで行った。

店の中で紳士は、店主から修理に出していたらしい時計を受け取っている。

山高帽に灰色の毛織りのコート。ズボンは仕立てのいいものだが少し皺《しわ》が寄っている。

物腰はやわらかで、時計店の店主に対しても高飛車ではない。

どういう身分の、どういう仕事の人なのだろう。

そんなことを考えていると、紳士は軽く帽子に手をやって店主に挨拶し、扉を開けようとして窓から覗《のぞ》き込んでいるルーイと目が合った。

おや、というように眉が上がり、扉を押して通りに出てくる。

「きみは、確かこの間馬車を止めてくれた」

覚えていてくれたのだ、とルーイは驚いた。

ロンドンの街中に溢《あふ》れている貧しい少年たちの中の一人に過ぎない自分をどうして？

一瞬、自分の容姿に興味を持つような人なのだろうか、と警戒しかけたのだが……

紳士は、ルーイの隣にいるサミィに視線を落とした。

「この、目玉が転がり落ちそうな弟を連れていたのを覚えているよ」

紳士はサミィに向かってにっこり笑い、サミィは恥ずかしそうにルーイのすり切れた上着の裾を摑んで半分ルーイの陰に隠れる。

ルーイは一瞬でも警戒しかけた自分が恥ずかしくなる。

この人はそういう……少年を漁《あさ》る趣味があるような人ではない。

だがすぐに紳士は真顔になった。

「申し訳ないが今日は馬車は要《い》らないんだ」

「あ！　いえ！」

紳士の勘違いに気づいて、ルーイは慌てて言った。

「違うんです、あの僕、またお会いできたらこれを返さなくちゃと思って！」

ポケットから、大事にしまっておいた六ペンスを取り出した。

「この間、お間違えになったと思うんです。六ペンスいただいてしまいました」

「……ああ」

紳士は驚いたように目を見開き、硬貨とルーイの顔を代わる代わる見た。

「間違ったのではない、たまたま一ペニーの持ち合わせがなかったので、わかっていてこれをあげたんだよ」

穏やかな言葉に、ルーイは驚いて紳士を見た。

わかっていて、くれたのか。

ルーイたちは、頼まれて馬車を呼ぶ仕事をしているわけではなく、チップを期待していわば勝手にやっているようなものだ。

持ち合わせがなければ「細かいのがなくてね」などと言って、そのまま立ち去ってしまうのが普通なのに。

「でも……あの」

だとしたら貰ってしまってもいいのだろうか、とルーイが躊躇《ためら》っていると、

「きみはなかなか珍しいね」

紳士は真面目《まじめ》な顔で言った。

「正直者だし、話し方もすれていないし」

言葉を切って首を傾《かし》げ、考える。

「では、用を頼んでもいいかな。もう一軒、この先でちょっとした荷物を受け取りたいんだが、一人で持つには多そうでね。家まで荷物持ちをしてくれるかな」

「もちろんです！」

ルーイは思わず明るい声を上げた。

それなら、もらった六ペンスはまあまあいい感じの対価になる。

「じゃあ、それをお持ちします」

両手を出して、紳士が抱えていた紙包みを受け取る。

中身がなんなのかよくわからないが、それほど重くはない。

「では、こちらだ」

紳士は先にたって歩き出すが、その歩調はゆっくりで、サミィに合わせてくれているの

だとルーイは気づいた。

紳士の目的地は数軒先の本屋だった。

紳士が店に入っていくと、店主が「これは、ドクター」と挨拶をするのが通りで待つルーイにも聞こえた。

カウンターの裏側に用意してあったらしい、本が数冊入っているとわかる紙包みを取り出す。

「いつもありがとうございます」

「こちらこそ、また何か面白そうなものが入ったらぜひ教えてくれ」

紳士はそう言って、また通りに出てくる。

ドクター。

ではこの人は、学者とか、医者とか、そういう職業の人なのだろうか、とルーイが考えていると、紳士はルーイを見た。

「家は、ペルメル街のほうだが、いいかな？　弟はそこまで歩けそうかい？」

ルーイは頷いた。

「大丈夫です、お供します……あの、その荷物も」

紳士が今受け取った本の包みを受け取ろうとすると、紳士は首を振る。

「これは自分で持つよ。じゃあ行こう」

そう言って包みを小脇に抱えて歩き出す。

片手で紙袋を抱え、片手はサミィと手を繋《つな》ぎながら、ルーイはこの紳士がこの間思った通り、親切で優しい人だ、と思った。

まさに紳士的。

だが残念なのは、やはりズボンに少し皺が寄っているところ。

それと、毛織りのコートも少し埃《ほこり》っぽく、あまり丁寧にブラシがけをされていない。

紳士の家の使用人は、そういう手入れが下手なのだろうか。

そんなことを考えていると、紳士は一軒の家の前で止まった。

「ここだよ」

通りに面して階段を数段上がった先に玄関がある、似たような造りの瀟洒《しょうしゃ》な家が数軒並んでいる場所だ。

大豪邸ではないが、余裕ある暮らしの、中流階級の上のほうか上流階級の下くらいの人が住んでいる雰囲気。

きちんとした仕事がある紳士が妻と一緒に住んでいて、家政婦と料理人、そして雑役婦と客間女中がいるような、または独身の紳士が家政婦や従僕と住んでいるような。

てっきり呼び鈴を押してそういう使用人の誰かが迎えに出てくるのかと思ったのだが、紳士は自分で玄関の鍵を開けて、ルーイを振り返る。

「中へ、それを部屋まで運んでくれるかい？」

「はい」

ルーイもサミィを連れて家の中に入った。

玄関を入ると細長いホールで、奥には階段がある。

床にはモスグリーンのラグが敷かれ、同じモスグリーンを基調にした花模様の壁紙が貼られた、飾り気はないが美しい玄関ホールだ。

紳士はホールの片隅に置かれていた小テーブルに本の包みを置くと、帽子とコートを脱いでコート掛けの上に放り投げ、また包みを手にした。

帽子を脱いだ頭を見ると、ゆるい癖のある茶色の髪が、後頭部で一房ぴんと跳ねている。

寝癖がついたままなのだ。

「こっちだ」

ホールの両側に扉があり、その片方に紳士が入ってくるので続くと、暖炉があり、ソファが置かれている居間だった。

たぶん廊下の反対側が食堂で、半地下にキッチンがあり、二階に寝室や書斎があり、屋根裏に使用人部屋があるのだろう、と想像がつくが……ルーイはすぐに、この居間は少し変だ、と思った。

そう。

なんとなく、雑然として汚れている。

不潔だというのではないが、暖炉の周辺はちゃんと磨かれていないし、石炭箱の中身はちゃんと補充されていない。

暖炉の上に普通は飾られているような家族の写真などはなく、埃を被った一対の花瓶が置かれているだけ。

カーテンは中途半端な開き方で、ソファも曲がって置かれている。

壁に二つほど額がかかっているが、それも曲がっている。

ソファの前に置かれた小さなティーテーブルの上には、飲みかけのティーカップとポット。

誰かがきちんと片づけをし整理整頓されているべきなのに、それがなされていない、という感じだ。

一瞬の間にルーイがそれだけ見て取っていると、紳士は本の包みを暖炉の飾り棚の上に置き、ルーイにソファを示した。

「荷物はその上に。助かったよ、ありがとう。急ぎの用事がないのなら、一緒にお茶でもどうかな？」

ルーイは驚いて紳士を見た。

お茶に……誘う。街中で荷物持ちの仕事を頼んだだけの浮浪児を。

普通だったら玄関先で荷物を渡して、チップを貰って、おしまいだ。そして今回、ルーイは前に貰いすぎたチップの分、と思って仕事をしているわけだし、そもそも家の中に招き入れられた時点で普通ではない。

かといって、この紳士に何かおかしな下心があるようにも見えない。

ルーイの戸惑いに気づいたのか、紳士が慌てて言葉を続けた。

「いや、家政婦のバリー夫人が家庭の事情でしばらく暇を取っているし、今日は料理人も休みだから、一人で食事やお茶をするのがどうにも味気なくてね。きみたちがちょっと、お茶の時間につき合ってくれたらと思ったんだよ」

そう言いながらティーポットの蓋を開け、

「この茶葉は取り替えないと。きみたちの分のカップがどこかに……」

そう言って振り返ろうとしてテーブルに膝をぶつけポットが落ちそうになるのを、ルーイは慌てて駆け寄り、受け止めた。

「あの……あの、もしかして、お困りですか？」

思わずルーイの口からそんな言葉がこぼれ出る。

明らかにこの人は、普段は家政婦に頼った生活をしていて、そしてその家政婦が休みを取っていて、今日は料理人も休みで、他に使用人がいなくて、家の中のことにまったく手が足りていないのだ。

紳士は慌てて首を振る。

「いや、困っているというか、大丈夫だ、お茶くらい私にだって……湯は階下にあるし。どうかその辺に座っていてくれ」

そう言ってポットを手に少し慌てて居間を出ていこうとして、今度は絨毯《じゅうたん》にできた皺に躓《つまず》いた。

「うわ」

取り落としそうになったポットが、数度、紳士の手の中で跳ねる。

「あの」

二度目の受難に見舞われそうになったポットに、ルーイは慌てて手を伸ばした。

「よろしかったら、僕がお茶を淹《い》れましょうか」

「え」

紳士は戸惑ってルーイを見る。

「そのほうがいいです。僕たちをここに残して旦那さんが階下に行って、その間に僕たちが何か盗んで逃げるかもしれないじゃないですか」

思わず諭すような口調になってしまう。

「きみはそんなことをするのかね？」

紳士のその口調が「それは気がつかなかった」という間の抜けたものだったので、ルーイは思わず噴き出した。

「僕はしません。でもやっぱり、そのほうがいいです。そうさせてください」

紳士は躊躇ったが、やがて小さくため息をついた。

「お願いした方がよさそうだ。私の淹れるお茶がおいしいとは自分でも思えないし。では……頼んでもいいかな」

「はい」

ルーイは思わず頬が綻《ほころ》ぶのを感じながら、ポットを受け取った。

「サミィ、そのカップを持ってついておいで」

飲みかけのお茶が入ったカップを示してそう言うと、サミィは頷き、落とさないようにしっかり両手でカップを持つ。

廊下に出て階下に降りる階段を探し、ルーイは下に向かった。

半地下のキッチンは、居間に劣らず雑然としていた。

いや、ある意味、居間よりも悪い。

階上はおそらく、家政婦の不在で一時的に乱雑になっているだけでもとはきちんとしているのだろうと思えるが、料理人の縄張りであるキッチンは、そもそも整理整頓してきれいに使おうという意思すらないように思える。

調理レンジの掃除が行き届いていないのが何よりの証拠だ。

レンジは最新の型だし、キッチンの反対側には備えつけの湯沸かしタンクもあるし、ちゃんと水道も引かれていて井戸まで水を汲《く》みに行く必要もない。

その最新設備の行き届いたキッチンを、こんなふうに扱っている料理人なんて、料理もうまいとは思えない。

たぶん料理人といっても、キッチンメイドを何年か務めて見よう見まねで料理を覚え、料理人と名乗って別な家に雇われて、なんとかまずい料理を作っているたぐいではないだろうか。

よくある話だ。

そもそも、腕のいい料理人なんてものは貴重で、そういう人間はだいたい貴族などのお屋敷にいくらでも勤め口がある。

だから、料理がうまくない「料理人」でも、働き口はいくらでもあるのだ。

だがとにかく、今はお茶だ。

石炭はちゃんと裏口に配達されていて、あの紳士が自分でなんとかしたものなのか、レンジは温まっていて、やかんにはぬるくなった湯が入っている。

とりあえずお茶に必要な湯をやかんで再沸騰させながら、ルーイはサミィに言った。

「紅茶を探してくれる？　僕はカップを探して洗うから」

サミィは頷き、戸棚の前に椅子を引きずっていって覗き込み、すぐに紅茶の缶を探し当てる。

茶葉はロンドンの有名店の缶に入った高級品だ。

なんとか一式用意してトレイに載せ、ルーイはサミィを連れて階上に戻った。

「早かったね！　いろいろ、わかったかい？」

ソファに座って本をめくっていた紳士は、嬉《うれ》しそうに立ち上がる。

「はい、大丈夫でした」

「じゃあここに座って、さあ、お茶にしよう。サンドイッチを多めに買ってよかった」

テーブルの上でルーイがお茶を淹れている間に、紳士がソファに置いていた紙包みの中から、糖蜜のサンドイッチを取り出した。

まさか……これを、ルーイたちも一緒に食べてもいいというのだろうか？

甘いいい香りが鼻をくすぐり、常に食べ物を欲しがっている胃が、ぎゅっと縮んだような気がする。

口の中に唾液が溢れてきて、ルーイはそれを思わずごくりと飲み込んだ。

紳士にもその音は絶対に聞こえたと思いルーイは顔を赤らめたが、紳士は表情を変えることなく、ルーイとサミィにサンドイッチを差し出した。

「さあ、遠慮しないで」

とサミィに勧める。

本当に、いいのだろうか……遠慮したほうがいいのではないだろうかとルーイは思ったが、サミィが目を輝かせてサンドイッチを見ているのに気づいた。

「サミィ」

名前を呼ぶと、サミィははっとしたようにルーイを見上げる。

その瞳に籠《こ》もる期待を見たら……だめだとはとても言えない。

ルーイは頷いた。

「いただいていいよ、ちゃんとお礼をしてね」

サミィは紳士から両手でサンドイッチを受け取り、ぺこんと頭を下げると、おそるおそる口を開けてサンドイッチにかぶりついた。

幸せそうな表情が顔いっぱいに広がる。

それはそうだ。糖蜜のサンドイッチなんて、生まれて五年に満たないであろう人生の中で一、二回しか食べたことがないはずだし、それももっとパンがぱさぱさのもので、こんなに糖蜜をたっぷりと塗ってはいなかっただろう。

「きみも」

紳士はルーイにもサンドイッチを勧め、ルーイがあまりがっついて見えないようにと思いながらも大きな口を開けてかぶりつくのを見て、わずかに目を細めた。

おいしい。

やわらかな白パンと、垂れてきそうなほどたっぷり塗られた糖蜜が、飲み込んだ瞬間にルーイの身体に力を与えてくれるようだ。

嚙むのにも飲み込むのにも苦労しないで、自分の身体に滋養が行き渡っていくのを感じられる、なんて贅沢《ぜいたく》な食べ物だろう。

ルーイとサミィが無言でサンドイッチを飲み込んでいるのを見ながら、紳士はティーカップを手にし、鼻に近づけて香りをかいだ。

「……これはいいね」

ひとくち飲み、感心したようにルーイを見つめる。

「おいしいよ。これはバリー夫人が淹れてくれるのと変わらない。こういうふうに淹れられるのは特別な才能のはずだが、きみにもそれがあるのかな」

「そんな」

ストレートに褒められて、ルーイは戸惑う。

数年間、偏屈な画家の老人のところで下働きをしている間に、一通りのことは覚えた。

ルーイがさまざまな仕事を覚えると、老人は次第に他の使用人に給金を払うのが惜しくなったらしく、最後には家政婦どころか雑役婦さえいなくなって耳の遠い料理人の老婆だけになり、小さな家ではあるが、ルーイがなんとか切り盛りするはめになったのだ。

それでも、屋根と食べ物があって、雑役婦のような役割とはいえ仕事を覚えられるのは、ルーイにとってありがたかった。

老人は偏屈で口やかましかったが、ルーイをモデルにする以外の下心がなかったのも助かった。

老人が亡くなって遺産を相続した遠い親族に追い出されなければ、まだあそこにいたかもしれない。

だがそうなっていたら、サミィとは出会わなかった。

ルーイが保護してやらなければ、サミィは生きていられたかどうかもわからない。

そんなことを考えてサミィに目をやると、紳士が穏やかに尋ねた。

「……きみの弟は、もしかしたら口がきけないのかい？」

ルーイははっとして、頷いた。

「そうです」

わずかな時間一緒にいただけでそれを見抜くとは、この人は観察眼が鋭いのだ。

紳士は慎重な目つきでサミィを見つめ、またルーイに尋ねた。

「生まれつきかい？　声も出ないの？　耳は聞こえている？」

ルーイは戸惑ってまたサミィを見た。

サミィも、自分のことが話題になっているのはちゃんとわかるので、不安げにルーイにぴったり身を寄せてくる。

「耳は聞こえていて……ちゃんと、言っていることをわかっています、利口なんです。声も……出るんです、夜中にうなされたときとか。でも、言葉が」

ルーイは躊躇いながら答えた。

生まれつきかどうかはわからないが、とにかくサミィは喋《しゃべ》らない。

だからこそルーイが守ってやらなくてはいけないのだ。サミィは自力では、ロンドンの路上で生きてはいけない。

救貧院でもだめだ。

老人の家を出されて路上に戻ったルーイが一時的に救貧院に入ったとき、幼いサミィは劣悪な環境の中でほったらかされ、年長の少年たちの苛《いじ》めの格好の餌食《えじき》になっていた。

苛められて悲鳴を上げたり、うなされたりして、声が出るのはわかった。

ルーイが笑顔を見せて抱き締めてやったら、それ以来サミィはルーイにぴったりくっついて離れなくなった。

それくらい、人の笑顔や温《ぬく》もりに飢えていたのだ。

だが救貧院の大人たちは、サミィを「どうせ長くは生きられない子ども」に分類してしまっていたらしく、食べ物もろくに与えられなかった。

ルーイがサミィを連れて救貧院を逃げ出したのは、このままではサミィは生きていけないと思ったからだ。

それ以来、サミィはルーイの弟だ。

それでも時々、自分は正しかったのだろうかと悩むこともある。

日銭を稼ぐだけの生活で、自分はちゃんとサミィを育てていけるのか。

どこか、もっとちゃんとした施設を探して預け、自分は自分で炭鉱か工場にでも働きに出たほうがいいのではないか、と。

だがちゃんとした施設なんてものがそもそも存在するのかどうかもわからないし、自分の上着の裾を握り締めるサミィを見るたびに、もう少し、もう少しサミィが大きくなるまでは、このままで頑張ろうとも思う。

紳士は腕を組み、考え込むように拳を顎に当てた。

「これまでの医者はなんと？」

「お医者なんて、とんでもないです！」

ルーイは驚いて首を振った。

医者に診《み》せればどれくらいのお金がかかるのか見当もつかないし、そもそもサミィのような子を見てくれる医者がどこにいるのかもわからない。

紳士は一瞬唇を噛み、それからサミィのほうに少し身を乗り出した。

「私や、お兄ちゃんの言っていることはわかるんだね？」

サミィは不安そうにルーイを見上げ、それから紳士を見て、頷く。

「よかったら、ちょっと……」

紳士が何か言いかけたとき、玄関の呼び鈴が鳴った。

「お、ちょっと待ってくれ。たぶん郵便だ」

紳士が居間を出ていき、ルーイはほうっとため息をついて、サンドイッチの最後のひとくちを名残《なごり》惜しく思いながら口の中に入れた。

自分とサミィがこんなふうにちゃんとした家の居間で、ちゃんとしたお茶をいただいているなんて、奇妙な感じだ。

サミィは幸せそうに、指についた糖蜜をじっくり舐め取っている。

数日は、この幸せな気持ちを反芻《はんすう》できることだろう。

だがこういう場所に、立ち去るのが辛《つら》くなるほど長居してはいけない。

ここは自分たちがいるような場所じゃないのだから。

やがて郵便物を持って紳士が戻ってきたので、ルーイは立ち上がった。

「あの、僕たち、もう失礼しなくては。お邪魔しました」

「……そうか」

紳士の顔に残念そうな表情が浮かぶ。

「じゃあ……ああ、そうだ」

慌てた様子で上着のポケットを探り、一シリングを探し出した。

「これを、お礼に」

「いえ、それは」

ルーイは驚いて首を振った。

「この間いただきすぎたので、荷物をお持ちしたんです。今日はいただくわけにはいきません」

「だが、お茶を淹れてくれただろう。その分は？　私は、君の時間をずいぶんを分けてもらったわけだし。お金が必要ないわけではないだろう？」

それはもちろんだ。

一シリングは大きい。馬車を止めて貰うチップ十二回分だ。

これがあれば、古着市でサミィに靴を買ってやれる。

他の少年たちなら躊躇いなく受け取るだろう。だがルーイはどうしても、自分が一シリングに値する仕事をしたとは思えない。

いや……だったら、値する仕事をすればいいのか、とルーイは思いついた。

「でしたらあの、もう少し、仕事をさせてください。お茶の片づけとキッチンのレンジの掃除と……それからこの部屋の掃除も」

紳士は驚いたように眉を上げ、それから感心したようにルーイを見つめる。

「それはもちろん、こちらも助かるし……きみはそれなら、これを受け取ってもいいと思うんだね？」

「はい」

「では、そういうことにしよう。私は二階の書斎にいるから、終わったら声をかけてくれるかい？」

紳士はそう言って立ち上がると、ルーイの掌に硬貨を置き、サミィに優しい笑顔を向けて頷いてから居間を出ていった。

「じゃあ……サミィ」

ルーイはお茶のトレイを持って、サミィを見た。

「僕はキッチンを片づけてくるから、サミィはここにいてくれる？」

おいしいものを食べて幸せそうなサミィを、もう少しここでゆっくりさせてやりたい。

サミィは少し不安そうな顔をしたが、「すぐ戻るよ。いい子にしていて」と頰にキスをしてやると、真面目な顔で頷いた。

サミィは、ルーイが「いやな仕事」で出かける間は、一人で大人しくしていることに慣れている。

ルーイの邪魔をしないことが自分の「仕事」だと思っているかのようだ。

キッチンに降りると、ルーイはまずレンジの掃除にかかった。

こういうレンジはきちんと掃除をしないと、煤《すす》が詰まって使えなくなってしまう。

この家の料理人が毎日の掃除をいい加減にしてるのは明らかだ。

灰や煤をきれいにし、レンジ周りをぴかぴかに磨き、それからキッチンの他の場所も掃除していると、あっという間に時間が経《た》ってしまう。

食器などもきれいに洗って片づけて階上に戻ると、サミィはソファに座って、眠そうな顔をしていた。

ルーイが戻るまで眠らないように我慢していたのだろう。

「いいよ、そこに横にならせてもらいなさい」

ルーイはそう言って、居間の片づけにかかった。

カーテンや絨毯を整え、曲がった家具をきちんと置き直し、乱雑に積み重なった本や新聞をきれいに積み直すだけでもずいぶん部屋の印象は変わる。

こんなに本があるということは、あの紳士はもしかすると学者さんなのかもしれない。

ドクターと呼ばれていたということは、まだ年は若そうだが何かの博士だったりするのだろうか。

サミィを見るとソファにこてんと横になりながらも完全には寝つけずにいるようだったので、ルーイは手を動かしながら、小声で歌を歌い始めた。

サミィの好きな子守歌だ。

救貧院で出会ったとき、いつ年長の少年たちに意地悪で叩《たた》き起こされるかわからず怯《おび》えて寝つけないサミィに、ルーイが最初に歌ってやった歌だ。

母さん鴨《かも》の羽根の下で、子鴨がねんねする歌詞だ。

低く静かに歌いながら掃除をしていると、いつの間にか次第に、声が少し大きくなっていたのだろうか。

突然ばたばたと階段を駆け降りる音がして、ルーイははっとした。

紳士が、居間に駆け込んでくる。

「きみ、今、歌を歌っていたかい？」

眠りに落ちかけていたサミィが目を擦りながら起き上がる。

「すみません、うるさかったですか」

仕事か思索の邪魔をしてしまったのだろうかとルーイが謝ると、紳士は慌てたように首を振る。

「違う、そうじゃない、ええと」

一瞬困ったように言葉を切り、それから思い切ったように言った。

「ちょっとその歌を……もう少し、聞かせてくれないか」

「え……」

「頼む」

懇願するような紳士の言葉に、ルーイは戸惑った。

歌、というか声を褒められたことは、ある。

画家の老人の家にいたとき、たまたま歌っていたのを聞かれて「お前の声はなかなかいい」と褒められ、時折老人の前で歌わされた。

だが声変わりがはじまると今までのように歌えなくなり、老人は怒って「もう二度と歌うな」と命じたのだ。

自分の声は変わって、汚くなってしまった。

サミィを寝かしつけるだけならともかく、人に聞かせるような声じゃない。

「だめ……なんです、僕」

ルーイはなんとかそう言った。

「昔はもっとちゃんと……でも、今はだめなんです、お聴かせするような声じゃ」

「そんなことはない」

紳士は首を振る。

「今歌っていただろう？　それでいいんだ。頼む、聞かせてくれ、今の子守歌を」

あまりにも真剣な表情なので、あまりむげに断るのも申し訳ないような気がしてくる。

何よりこの人は、多めのチップをくれたり、お茶とサンドイッチをごちそうしてくれたりと、親切にしてくれた人なのだから。

「……じゃあ」

ルーイが頷くと、紳士は居間を見回してからサミィをひょいと抱き上げてソファに座り、自分の膝にサミィを乗せた。

サミィはきょとんとしながらも、なすがままだ。

見知らぬ大人を怖がることが多いサミィだが、幼いなりに、この人が親切な人だということはわかっているのだろう。

紳士が期待に満ちた眼差《まなざ》しで自分を見つめているので、ちょっと居心地が悪いように感じながらもルーイは咳払《せきばら》いをし……

歌い始めた。

子守歌だから、大声で歌い上げるようなものではない。

低く、静かに。

優しく。

普段、サミィに歌ってやるときと同じように。

声変わりが終わってから前のような声は出なくなったけれど、今の声なりに高さを調整して、調子外れにならないように。

紳士と目が合ったまま歌うのは気恥ずかしいので、暖炉のほうに少し視線をずらして。

歌い終わると、じっと聞いていた紳士が懇願するように言った。

「もう何曲か……いや、同じ歌でいいから何回か繰り返してくれるかい？」

「はい……じゃあ、続きを」

頷いてルーイはまた歌い始める。

母さん鴨と子鴨の歌。

いつもサミィに歌ってやるのは一番だけだが、この歌は実は長い物語になっている。その歌詞を記憶の中から引っ張り出して、歌い続ける。

紳士は黙って聞いている。

だがとうとう最後まで歌ってしまい、他の歌にしたほうがいいのだろうか、とルーイがソファのほうに目をやると。

紳士は、眠り込んでいた。

サミィを膝に抱いたまま、ソファの上に斜めに倒れるようにして。

穏やかな顔と静かな寝息。

優しそうな落ち着いた雰囲気の紳士ではあるのだが、その顔が完全に安心しきったかのように無防備だ。

その紳士に抱っこされて、サミィも親指を唇に半分押し込み、幸せそうに眠っている。

どうしよう。

サミィはともかく、まさかこの若い紳士までが自分の子守歌で眠り込んでしまうとは思わなかった。

起こすのも躊躇われるが、そろそろ外は日が暮れるし、このまま夜までこの家にいるわけにもいかない。

ルーイはそっとソファに近寄り、紳士の腕の中からサミィを抱き上げた。

二人ともぐっすり眠っていて起きる気配はない。

ルーイは部屋を見回し、別なソファの上に置いてあった膝掛け毛布を見つけて、それを片手でなんとか紳士の身体にかけた。

紳士は身じろぎもせず静かな寝息をたてている。

それがなんだか微笑《ほほえ》ましいように感じながら、ルーイはやはりぐっすり眠っているサミィを抱いて、そっと家を出た。

鍵の場所がわからないが、このあたりは治安がいい場所だ。

さきほど裏口の鍵が閉まっているのは確認してあるし、玄関から堂々と押し入る泥棒もいないだろう。

そう考え、静かに玄関の扉を閉める。

ねぐらに戻らなくては。

貧民街にある、古い倉庫の片隅が、ルーイたちのねぐらだ。

すきま風は入り放題だし、しょっちゅう顔ぶれの変わる同じような浮浪児や娼婦も一緒くたに使っている。

それでも一応家主は存在していて、かつかつの稼ぎから週に一ペニー払っているが、屋根と壁があるだけでもありがたい。

そして今日は、お腹の中は糖蜜のサンドイッチで温かく、懐も紳士がくれたチップで温かく、そして何より、親切な紳士の家で過ごした思いがけない優しいお茶の時間が、心を温かくしている。

こんな日もあるから生きていける。

そう思いながら、ルーイは夕暮れの街を歩き始めた。


「ルーイ、例の仕事があるんだが」

口入れ屋が近寄ってきてそう言ったので、ルーイは思わず眉を寄せた。

「この間のお客は、変なことをしそうになった。ああいうのは絶対いやだ」

きっぱりとそう言うと、口髭を生やしてサイズの合わない古着のフロックコートを着た口入れ屋は肩をすくめる。

「こっちも、気取った小僧だったと苦情をくらったよ。ちょっと入れさせてやればいいだけのことだろう。触らせるのと、そんなに違いはないぜ」

「だったら、あんたがやればいいじゃないか」

ルーイは思わずそう言った。

自分にとっては大きな違いだ。それに、ただ触らせるだけだって、お金のためにいやいややっているのだ。

本当はいい加減、もっとちゃんとした仕事をしたい。

サミィと離れずに済み、ある程度の定収入のある仕事。

靴磨きをやりたいと思ったこともあったが、道具を揃《そろ》えるのに元手が必要だし、ルーイの年齢ではもうだいぶ「余計な知恵もついている」と言って、路地を仕切っている靴磨きの親方は受け入れるのをいやがる。

煙突掃除をやるには身体が育ちすぎている。

他に、元手なしでできる仕事はなかなかない。

口入れ屋だって縄張りがあって、この男がルーイに持ってくる仕事はろくでもないものばかりになってしまっているから、どこか他所《よそ》に移ったほうがいいのかもしれない。

その「他所」が、今いるところよりましかどうかは見当もつかないけれど。

口入れ屋は肩をすくめてから、例によってルーイの上着の裾にしがみついているサミィを見下ろした。

「お、新しい靴じゃないか。上着もか？　何かいい儲《もう》け話でもあったのか？」

ルーイもサミィを見た。

新しいといっても、古着市で買った「これまでとは違うもの」というだけのことだ。

それでも靴は底のはがれていないもので、少し大きめだがそれは新聞紙を詰めれば逆に温かいし、上着もボタンはないが毛織りの大きめのもので、丈が長いのも暖かくていいし、袖は必要なときにはまくればすむので、本当にいい買い物だった。

あの紳士のおかげだ。

あの日貰ったチップで、サミィの靴と上着を買って、ハムを買うこともできたのだ。

だが口入れ屋にそれを教えるつもりはない。

「ちょっと、いい人に出会ったんだ」

それだけ言って口入れ屋から離れようとすると、

「ルーイ！」

突然自分を呼ぶ声がして、ルーイは驚いて振り向いた。

この声は。

通りの反対側で片手を上げ、急ぎ足で通りを渡ろうとしているのは……帽子とステッキ、コート姿のきちんとした服装の、背の高い、若い紳士。

あの人だ。

辻馬車の間をひょいひょいと縫ってこちら側に辿《たど》り着くと、ルーイを見て嬉しそうに言った。

「やっと見つけた」

ということは、自分を探していたのだろうか？

それに……

「僕の、名前を」

この間は名乗らなかったと思うのに、どうして知っているのだろう。

「探したんだよ」

紳士は言った。

「黒髪の弟を連れた金髪の少年と言ったら、サミィとルーイだと教えてくれた子がいてね。昼間はこのあたりにいると聞いたから、探していた」

優しい瞳を嬉しそうに輝かせている。

しかしルーイは戸惑った。

「どうして僕を……あの、この間、あのあともしかして、何か」

ものがなくなったとか……勝手にキッチンを使って戻ってきた料理人か家政婦が激怒しているとか、玄関から泥棒が入ったとか？

思いつく限りの最悪の状況を頭の中で思い巡らせていると、紳士は首を振った。

「そうじゃなくて、きみに頼みがあるんだ。私と一緒に住んでくれないか」

一緒に？

住む？

ルーイは、自分の耳がどうかしたのかと思った。

そうでなければ……紳士階級が使う言葉は、もしかして同じ音でも意味が全然違うのだろうか、と。

「ちょっと、旦那さん」

傍らで様子を見ていたらしい口入れ屋が口を挟んだ。

「それはどういう意味で？　こいつに何をさせようっていうんで？」

口入れ屋が想像していることは見当がつく。この紳士が少年を愛《め》でる変態の一人で、そういう意味でルーイに目をつけたのでは、と言っているのだ。

それなら自分を通してもらおうとでも言いたいのだろう。

この間は、この紳士にそういう趣味があるとはまるで感じなかったが、それでも何か下心があるのだろうかと疑ってしまうのは仕方ない。

だがそうだとしても、一晩買うとか、どこかに囲うとかでもなく、自宅で一緒に暮らすというのは考えられない誘いだ。

それくらい、紳士の言っていることは突飛だ。

しかし紳士は、まったく悪びれることなくルーイを見つめる。

「きみに、夜、歌ってほしいんだ」

「……歌、ですか……？」

ますますわけがわからない。

うまい歌が聴きたければ劇場やサロンにいくらだって歌手がいるだろう。

しかし紳士はルーイの両肩に手を置き、真剣な表情で言った。

「この間きみが歌ってくれたおかげで、本当に何年ぶりかでぐっすり眠ることができたんだよ。だがあのあと、また眠れない。それが私の悩みの種なんだよ。君が毎晩歌ってくれれば、どれだけ助かるか」

……つまり、ルーイに子守歌を歌って寝かしつけてほしいと？

大の大人が？

「おかしな頼みだということはわかっている。だが本当なんだ。長年、不眠に苦しんでいるんだよ。寝る間際に歌ってもらうということは夜遅くになるから、通いではなく住み込みで頼みたいんだ。もちろん、相応の給金も払う」

紳士は少し早口になって、説明する。

給金が出る……つまり、ちゃんとした、住み込みの仕事。

子守歌を歌って寝かしつけろという奇妙な仕事ではあるが、この紳士が不眠症で、自分の歌で眠れるというのなら、それほどおかしな願いでもないのかもしれない。

だが、確かめなくてはいけないことがある。

「あの、僕は……サミィとは離れられないので……」

ルーイ一人で住み込むわけにはいかない。だが、使用人を除けば大人の男性一人暮らしらしい家に、子連れで住み込むなんて聞いたことがない。

しかし紳士は頷いた。

「もちろんだ。サミィも一緒に。昼間は、私は往診に出かけることが多いから、好きに過ごしていてくれて構わない」

「往診？　もしかして旦那さん、お医者さまなんで？」

口入れ屋が尋ねた。

そういえば……「ドクター」と呼ばれていた、とルーイも思う。

紳士は頷いた。

「そう、まだ自己紹介もしていなかったね。私はハクスリー、内科医だ。サミィのことでも何か役に立てるかも――」

紳士の言葉の途中で、口入れ屋が叫んだ。

「ハクスリー先生！　旦那さんが！」

「知ってるの？」

ルーイが尋ねると、口入れ屋は勢いよく頷く。

「聞いたことがある。貧乏人をつけで診てくれて、取り立ても厳しくないって。どんな病気でも治してくれる、神さまみたいな先生だって」

「いや、そんな」

口入れ屋の言葉に、紳士は驚いて首を振る。

「治せない病気はたくさんあるよ、残念ながら。それに完全に無料で診られるわけでもない。だが、持てる人からはたくさん貰って、持たざる人からは少なく貰う、ということくらいはできるからね」

それだってすごいことだ。

ということはこの人はお金持ちの患者がいるのに、お高くとまったりしないで貧乏人も診てくれる人、ということだ。

そして、そういうちゃんとした、立派な人だということがわかれば、ルーイとしても不安はない。それにお医者さまなら……さきほど本人が言いかけたように、サミィのこともなんとかしてくれるかもしれない。

何より、この人が下心のある変態ではなく、穏やかで優しいいい人だということはもうわかっている。

だったらこれは……大変な幸運だ。

「それで……きみは私の家で仕事をしてくれるかい？」

紳士がおそるおそるルーイに尋ねたので、ルーイは頷いた。

「はい、ぜひお願いします」

「よかった！」

紳士の顔がぱっと明るくなり、穏やかで優しい顔が、どこか子どもっぽく親しみのあるものになる。

「では、ええと……準備に時間と費用が必要かな？」

そう問われたので、ルーイは頷いた。

「今借りている……部屋の家主さんに断りを入れたりしないといけないので、あとからお宅に伺います」

部屋とも言えない倉庫の片隅で、家主も又貸しの又貸しだが、サミィにも優しくしてくれるいい人だから、黙っていなくなるのではなくちゃんと挨拶をしたい。

ほんのわずか、もしかしたらまたすぐ戻ってくるかもしれないし、という思いもある。

「私の家は覚えているんだね？」

紳士が尋ねたので、ルーイは頷いた。

「はい、一度行った場所はわかります」

「そうか。きみはなかなか利口だな」

紳士は微笑んでから、ちょっと考え込んだ。

「だがどうしようかな、私は今日このあと、夜まで仕事があるんだが……」

「では、夜伺います」

「そうか」

紳士はほっとした笑顔になる。

「では後ほど」

紳士はそう言って手を差し出す。

握手をしてくれるのだ、自分のような人間と……まるで対等な身分の相手みたいに。

ルーイは大人の男に触られるのは好きではない。いやな仕事をしている間に、大人の男の手というものが気持ち悪くなってしまった。

だが、この人からはそういういやな感じはまるで受けない。

差し出された手は指の長い大きな手だが、過剰に手入れをしていない、品よく美しい手だという感じがする。

そして、穏やかで優しい鳶色の瞳。

握手を断ってこの人の気を悪くしたくない。

ルーイは慌てて自分の手を上着でごしごし拭い、差し出した。

大きな手が包み込むようにやわらかくルーイの手を握る。

湿っていない、しかし温かい手。

「それでは」

帽子をちょっと手で持ち上げて紳士は頷き、また道を向こう側に渡っていき……

「やった な！　お前は運を摑んだんだ！」

口入れ屋が、どん、とルーイの背中を強く叩いた。

紳士……ハクスリー医師の家の中は、先日よりも少しはましになっていた。

だが「少しは」という程度だ。

家政婦のバリー夫人は弟が病気とかで当分復帰できないらしく、その前から雑役婦を一人雇わないと、という話になっていたのも、バリー夫人がいないので進まないらしい。

というわけでハクスリー家には今、料理人しかおらず、彼女は階下だけを縄張りにしているので、通いの掃除婦と洗濯婦を週に一日だけ頼んでいる状態らしい。

何しろ今ロンドンでは、工場などに人手を取られて、有能な家事使用人のなり手は貴重なのだ。

料理人が今日はもうレンジの火を落としてしまったということで、ハクスリー医師はまた、糖蜜のサンドイッチを用意して待っていてくれた。

「明日、料理人のギャスケル夫人に紹介するよ。きみたちのことは話してあるから」

居間のソファでもじもじしてルーイとサンドイッチを見比べているサミィに、ハクスリー医師はサンドイッチを手渡して食べるように勧めてくれる。

「ありがとうございます、あの、旦那さま……」

ルーイが言いかけると、

「旦那さまはやめてくれ」

ハクスリー医師は困ったように遮った。

「バリー夫人やギャスケル夫人に呼ばれるのは仕方ないんだが、そう呼ばれるのはあまり好きではないんだよ」

そうはいっても、相手は雇い主だ。

「では……なんとお呼びしたら」

ハクスリー医師は腕組みをして考える。

「いっそハクスリーでいいくらいなんだが……」

「でも……ミスターではないんですよね。ドクター・ハクスリー？」

「うーん、もうちょっと、気軽な感じで……」

相手が本気で困っているようだったので、ルーイはあたりさわりのない呼び方をなんとか考えた。

「では……ただ、ドクターでは？」

気軽に呼びかけるのなら、名字の呼び捨てよりこのほうがずっといい。

ハクスリー医師も頷く。

「きみがいいなら……まあとりあえず、それで」

ようやく呼び方が落ち着くと、今度はハクスリー医師改めドクターがルーイに尋ねる。

「それで、ルーイ……きみの名前は、ルイス？　名字は？」

「……よくわからないんです」

ルーイは戸惑って答えた。

物心ついたときには路上で暮らしていた。そのときには周囲の少年たちに「ルーイ」と呼ばれていたのだから、誰かがルーイと名づけたのだろう。

だがどうして自分が「ルーイ」なのかはよくわからない。「ルイス」なのかどうかも。

サミィも同じだ。

ルーイが出会ったときにはサミィと呼ばれていたから、サミィなのだ。

「……悪いことを尋《き》いたね」

ドクターはすぐにそういう事情に思い当たったらしい。

「じゃあとにかくルーイとサミィ。今日からきみたちはここで暮らす。屋根裏に部屋があるからね。ベッドはひとつで大丈夫？　バリー夫人がいれば、着るものなどもすぐ用意してあげられるんだが……お金をあげたら自分たちで買えるかい？　いや、それだけのお金を渡すのは物騒だな」

ルーイのような少年が大金を持ち歩くことの危険性は知っているのだろう、少し考えて言い直す。

「私の知っている仕立屋に話を通して、何かすぐ着られるものを見繕ってくれるよう頼んでおくから、自分たちだけでそこへ行ける？」

支払いはのちほどドクターがしてくれる、ということだろう。

ここで雇われるならもちろん今の、サイズの合わない古着でいるわけにはいかない。

それは、雇い主であるドクターの体面の問題だ。

「お店に話しておいてくださるのなら、行けます」

「うん、他に必要なものがあったらその都度言ってくれ。では、よろしく頼むよ」

ドクターはそう言ってまた、ルーイに手を差し出す。

この人の大きな手の温かさと、優しい鳶色の目は好きだ、とルーイは思った。

その夜、サミィを屋根裏部屋で寝かしつけたルーイは早速、ベッドに横たわって神妙な顔をしているドクターの寝室で、ベッドから少し離れた椅子に座った。

「では、頼むよ」

ドクターは緊張した声でそう言って、目を閉じる。

ドクター同様、いやそれ以上に、ルーイも緊張している。

本当に自分の歌でドクターが眠りにつけるのかどうか。

ドクターの寝室は妙なものでいっぱいだ。

ベッドの上にぶらさがっている奇妙な細工物は、異国の「安眠のお守り」らしいし、他にもハーブのドライフラワーが大量に花瓶に挿《さ》してあったり、寝る前に飲む塩水が用意してあったりと、とにかく「眠る」ための工夫でいっぱいだ。

医者なのだから、アヘン剤のような「眠れる薬」をいくらでも処方できるのではないかとも思うのだが「そういう問題ではない」らしい。

まあだからこそ、ルーイの歌を試す気になったのだろう。

だがもし、先日ルーイの歌で眠れたのが何かの偶然で、今夜はだめだということになれば、ルーイは勤め口を失う。

そういう意味での緊張で、歌い出しは顔が強《こわ》ばり、声もうまく出なかった。

先日歌った、子鴨の歌。

ドクターは布団の上に出した腕を胸の上で組んで目を閉じているが、時折眉が寄るので、眠ろうとしているだけで眠りに入ってはいないのがわかる。

ドクター自身の緊張もまるで解けてはいない。

どうしよう。

歌いながらルーイは内心動揺して、一瞬、頭の中で歌詞が飛んだ。

どれだけサミィのために歌ってきたかわからない歌なのに。

ぴくりとドクターの頬が動いたが、目は閉じたままだ。

ここで歌をやめてはいけない。

とにかく何か……歌い続けないと。

焦ったルーイの頭に、ひょいと別な歌が浮かんだ。

自然と、それを歌い始める。

いつ、誰から教わったのかわからない歌で……子守歌ではない。

川に浮かんだボートの上で目を閉じている人、私の歌を、あなただけに届くよう歌い続けよう、そして二人で川を下ろう……というような歌詞で、テンポはゆっくりしていて優しい曲だ。

記憶の底のほうに沈んでいたこんな歌がどうしてとっさに出てきたのかわからない。

だが、歌詞が少しあやふやなので思い出しながら歌おうと、自分の心の奥深くを探るようにして歌い続けているうちに、最初の緊張をいつの間にか忘れていて……ドクターの様子から意識が離れていたことに気づいて、歌いながらはっとベッドの上を見ると。

ドクターの顔から緊張が消えていた。

静かで規則正しい寝息。

胸の上に乗せた腕が静かに上下している。

眠った、のだろうか……と、ルーイはゆっくりと声を小さくしていった。

ドクターは目を開けない。

そっと、最後の音を唇から送り出しても。

――眠ったのだ。

眠ってくれたのだ、ルーイの歌で。

ルーイはほっとして、静かに立ち上がり、一度ベッドの上を見た。

窓から差し込む月明かりがドクターの横顔を照らしている。

鼻筋の通った、男らしく整っていて、それでいて優しい顔だ。

こうやって見ると、どこかまだ学生のようにも見える若々しさだ。

安心しきった表情がそう見せるのだろう。

ルーイは、ドクターが自分の歌で眠ってくれたことが嬉しくて、しばらくドクターの寝顔を見つめていたが、屋根裏で先に寝ているサミィのことを思い出し、そっと廊下に出るとドアを閉めた。

「ルーイ！　眠れたよ！」

翌朝、顔を合わせるなりドクターは嬉しそうに叫んだ。

その後頭部にはやはり、寝癖がピンと跳ねている。

「最初はちょっと不安だったんだが、いつの間にか眠っていたし、朝まで一度も目を覚まさなかった。こんなことは本当に珍しいんだ。ありがとう！」

興奮したドクターの言葉が嬉しい。

「お役に立てそうでよかったです」

ルーイが思わず微笑んでそう言うと、ドクターも嬉しそうに笑う。

「本当に嬉しいよ」

そして、何かを思い出したようにふと真顔になった。

「そういえば……途中から歌が変わっただろう？　鴨の歌から。あの、川下りのような歌に変わってから間もなく、眠り込んだんだと思うが……あの歌はなんの歌なんだい？　どこか懐かしい感じがしてね」

ルーイは首を傾げた。

「ぼくもよくわからないんです。自分でも、あれが出てきたのが不思議なくらいで、歌詞も実は曖昧で」

「そうか」

ドクターはちょっと首を傾げた。

「今夜も、あれを歌ってみてくれないかな」

「わかりました」

ルーイは頷いた。

今日のうちにちゃんと歌詞を思い出して、わからないところには何か言葉を適当に入れてみよう。

ドクターがあれを気に入ったのなら、あれがドクター専用の子守歌になるわけだ。

「今日はいい仕事がたくさんできそうだ。本当にありがとう」

ドクターは本当に嬉しそうにそう言ってから、例によってルーイの裾に掴まっているサミィを見て、はっとした。

「そうだ、朝食を。ギャスケル夫人に紹介しよう」

先にたって階下に降りていくので、ルーイとサミィもあとを追った。

キッチンからは、料理の匂いよりも先にタバコの煙が漂ってくる。

「ギャスケル夫人、話してあった子どもたちだ」

ドクターが入っていくと、椅子に座ってタバコを吹かしていた四十くらいの小太りの女性が、のっそりと立ち上がってタバコを消した。

「食事をさせてやってくれ。こちらがルーイで、階上で私の用をしてくれる。それと、弟のサミィ」

「よろしくお願いします」

ルーイが挨拶したが、相手は顔をしかめてドクターを見た。

「旦那さまのご用も大事かもしれませんけど、どっちかっていうと雑役婦を急いで見つけてほしいんですがね」

雇い主に対しても不機嫌そうな口調だ。

ドクターは困ったように言った。

「それは、バリー夫人が戻るまで待っておくれ。そもそも雑役婦というものをどうやって探したらいいのか私にはわからないし、バリー夫人との相性が大事だろうから」

「まあ、私は階下のことだけやりますがね。この子たちは、旦那さまがお出かけの間は暇なんですか？　少し私を手伝っちゃくれないんですかね？」

「いや、この子たちは」

ドクターが言いかけたので、ルーイは急いで言った。

「あの、よろしければ僕、ギャスケル夫人をお手伝いします」

彼女が言うように、今この家に必要なのは雑役婦、もしくはそれに類する人間だ。自分の仕事が「子守歌を歌う」ことだけでは、あまりにも手持ちぶさただ。仕事があるならさせてもらったほうがいい。

「……きみはそれでいいの？」

ドクターはルーイを見て尋ね、ルーイが頷くと、真面目な顔で頷き返す。

「では、バリー夫人が戻るまで、臨時でお願いするよ。ギャスケル夫人、この子たちにまず朝食を食べさせてやってくれ。私は仕事に行くから」

「行ってらっしゃいませ」

ルーイが言うと、ドクターは少し目を細めて微笑み、階段を上がっていった。

「さて」

ギャスケル夫人がしかめつらになる。

「バリーさんもいないしで、あたしは忙しいんだからね。朝はポリッジ、昼はパン、夜は旦那さまの料理に使った材料の余りだよ」

そう言って、用意してあったらしいポリッジの皿を、どんとキッチン中央のテーブルの上に置く。

「さっさと食べて、皿を洗っておくれ」

「はい、いただきます」

ギャスケル夫人がキッチンから出ていったので、夫人が座っていた椅子にサミィを座らせ、ルーイは傍らの木箱に座った。

スプーンでポリッジをすくって口に運び、サミィが微妙な顔になる。

……焦げて、しかも冷めたオートミール粥《かゆ》。

食事のひどい救貧院ですら、焦げたポリッジはどんなに飢えていてもなかなか喉を通らなかったものだが、それに劣らないひどさだ。

それでも、三度三度ちゃんと食事ができるというのはありがたいことだ。

文句を言ってはいけない。

「ちゃんと、全部食べようね」

ルーイがそう言って、粘つく泥水のようなポリッジをなんとか口に押し込んで飲み下すと、サミィも頷いてスプーンを口に押し込む。

ギャスケル夫人にとって、自分たちは余計な手間が増えるだけの闖入者《ちんにゅうしゃ》なのだ。

家政婦のバリー夫人がどんな人なのかわからないが、その人が休みを取っていて、掃除や洗濯は通いの人を頼んでいるとはいえ、すべてを任されてギャスケル夫人も大変なのだろう。

できるだけ手伝って、三食食べさせてもらえるだけの働きをしていると認めてもらわなくては、とルーイは思った。


それにしても。

ドクターという人は、紳士階級だと思うのに全然それらしい生活をしてない、とルーイはつくづく思った。

家は立派で、夫婦と使用人三、四人くらいがいて、毎日午後には数組のお客があって、週に一度は夫婦二組程度を招いて晩餐《ばんさん》をする……それくらいの生活ができるイメージだ。

ドクターが医者で独身であることを考えても、使用人が少なすぎる。

調度品とか、ドクターの着るものなどは階級にふさわしいものなのだが、家具に埃が積もっていようが、ズボンに皺が寄っていようが構わないらしい。

ルーイは日中とりあえず、ギャスケル夫人に言われるままにキッチンのレンジ掃除をし、それから階上の掃除もし、そしてドクターの毛織りの衣服に丹念にブラシをかけ、ズボンをプレスした。

明日は少しましな服装でドクターを送り出せるだろう。

偏屈な画家の老人のところで家の中のあらゆる仕事を覚えたことが、こんなふうに役立つ日が来るとは思わなかった。

サミィもルーイについて回り、できることは懸命に手伝ってくれる。

やがて夕方になってドクターが戻ってくると、ルーイは「お帰りなさいませ」と出迎えてドクターの帽子やコートを受け取った。

昼間のうちにドクターが話を通しておいてくれた仕立屋に行き、そこでサイズが合う既製服を相手が見繕ってくれたのを受け取って、着替えてある。

いわゆる従僕のお仕着せふうのものではなく、灰色のなんの変哲もない上着とズボンにネクタイ。使用人というよりは新聞社か何かの見習い事務員のようにも見える一揃いで、ちょっと気恥ずかしい。

サミィはサミィで、まるでちゃんとした親がいる家の子どものような、セーラーカラーの上着に半ズボン姿だ。

それに引き替え……とルーイは受け取ったドクターのコートを見た。

上等な生地なのに、手入れが悪いから毛羽立って埃がついている。

これも後で、絶対にブラシをかけたい。

できれば今すぐこの場でブラシをかけたいくらいだ。

ルーイがそんなことを考えているとも知らず、ドクターはちょっと恥ずかしそうに、しかし優しい控えめな笑みを浮かべた。

「誰かがこうして玄関で出迎えてくれると嬉しいね」

ルーイはその笑顔にはっとした。

いろいろ身の回りに構わない人かもしれないが、それでも「出迎えてくれる」誰かがいないことは、寂しく感じているのだろう。

ちゃんと毎日笑顔で送り出し、出迎える。

それも当面……バリー夫人が戻るまで、自分の役割だと心得なくては。

ドクターはルーイとサミィを交互に見て、また微笑む。

「服も、着替えたんだね。とりあえず適当な既製のものを頼んだから、あとはバリー夫人が戻るのを待とう」

「はい、ありがとうございます」

バリー夫人が戻れば、もう少し「使用人のお仕着せ」らしい服装になるのだろうか。

立場にふさわしい服装というのは大事だ。

立場にふさわしい仕事も、もちろんきちんとしなくては。

ドクターが帰ったら何をすべきかも、考えてある。

「あの、夕食のお給仕も僕がしていいでしょうか」

ルーイが尋ねると、ドクターはちょっと眉を上げた。

「もちろんだ、いや、いっそ一緒に食事をしてくれたほうがいいな」

ルーイは慌てて首を振った。

「とんでもありません！」

先日のサンドイッチのときはともかく、今は正式にドクターに雇われた身だ。

立場の違いを踏み越えることなんて絶対にできない。

ルーイの断固とした表情にドクターは残念そうにちょっと首を傾げたが、すぐに頷いた。

「きみがそのほうがいいのなら」

きみがそのほうがいいのなら……それも不思議な言い回しだとルーイは思う。

ルーイの考えなど入り込む隙間はないほど当たり前のことなのに、ドクターは不思議な考え方をする人だ。

まあ、子守歌を歌わせるために浮浪児のようなルーイを雇ったり、握手をしてくれたりする人なのだから、どこか変わった考え方をする人なのだろうし、そういう考え方はルーイにとって戸惑いはあっても不快ではない。

ルーイは階下に降りて、ドクターの食事を居間に運んだ。

ドクターの仕事は往診が主で、家で診察をすることはめったにないが、それでも一階の通常食堂として使う部屋は、さまざまな器具や薬が並んだ診察室になっている。

だから居間が、食堂を兼ねているらしい。

ソファの前にティーテーブルを置いて、そこで食事をするのだ。

ルーイたちに居間でサンドイッチを食べさせてくれたのも、それがドクターにとっての食事の場所だからだったのだろう。

しかし食事の載ったトレイを見ながら、ルーイはなんとも言えない気持ちになっていた。

……ちょっとこの料理は、ひどすぎるんじゃないだろうか。

サラダの野菜はしおれているし、スープは濁っている。

メインは羊の茹《ゆ》で肉にジャガイモと玉ねぎを添えたもの。しかし肉は筋張って固そうで、ジャガイモは茹ですぎでぐちゃぐちゃ、グレービーソースは焦げ臭い。

見た目と匂いだけではっきりわかる。

ギャスケル夫人は、想像以上に料理が下手なのだ。

救貧院の粗末な食事を見慣れているルーイだが、ギャスケル夫人の料理は、食材が上等で豊富なだけに、余計ひどいものだと感じる。

ちょっとした工夫で、いくらでもおいしくなるはずなのに。

今日は特に失敗をしたのだろうか、ドクターはどう思うだろうかとルーイが見守っていると、ドクターは無造作にサラダを食べ、そしてスープをひとくち飲んでちらりと眉を寄せたが、黙って皿を空にした。

ナイフで固そうな肉を切る前には唇を噛んで真剣な顔になり、一切れ口に運ぶと、やはりわずかに眉を寄せながら、懸命に噛みきり、飲み込みにくそうにしているが、何も言わない。

つまり……これはいつものことで、ドクターはこの食事に耐えているのだ。

もちろん、食事に文句を言うのは品のないこと、恥ずかしいことだという紳士階級のたしなみはあるのだろうが、それだけでこの食事に耐えられるのだろうか。

つけ合わせのジャガイモにグレービーソースをちょっとつけて食べたが、無言で飲み込んでから、残りはソースをつけずに食べてしまう。

あの焦げ臭いグレービーソースは苦いに違いない。それだったら味のないジャガイモをそのまま食べたほうがましなのだ。

ドクターは無言のまま食事を終え、食器を下げようとしたルーイと目が合うと、わずかにばつが悪そうに微笑んだ。

「きみたちは、夕食を食べたのかい？」

「これから、いただきます」

ギャスケル夫人が、羊肉を茹でたスープにジャガイモを入れて煮込んでいた、あのごった煮のようなものが自分たちの夕食なのだろうと思いながらもルーイは表情を動かさずに答えた。

自分たちはそれでもいい、食べさせてもらえるだけでもありがたい。

だが……ドクターはもしかしたら、愚痴のひとつも言いたいのではないだろうか。

しかし。

「そうか」

ドクターは頷いてから、ぽつりと言った。

「ギャスケル夫人も、なかなか苦労しているのだろう」

ルーイははっとした。

ドクターは食事がまずいことはわかっていていてただ耐えているのではない。

ギャスケル夫人にそもそも料理のセンスがなく、それでも料理人として雇っているのだから非難してはいけないと思っているのだ。

それは……今のロンドンで腕のいい料理人を探すのがそもそも難しいからだろうか？

それとも「雇い主としての責任」を感じているからだろうか？

ルーイにはよくわからない。

だが……ドクターが食事に文句を言わないのなら、自分がどうこう言う立場ではない。ルーイは、ドクターが愚痴を言いたいのだと想像したことが恥ずかしくなった。ギャスケル夫人にだって悪意があるわけではない、センスがないのは本人のせいではないのだから。

そして、ドクターがギャスケル夫人に文句がないのなら、ルーイに何かを言う権利などもちろんない。

ルーイはそう思おうとした。

数日後、そうも言っていられない事態が起きた。

焦げたトーストを食べてドクターが出かけていき、ルーイがキッチンのレンジを磨いていると、裏口から食料品屋の配達が来た。

配達に来た男はよく知っている相手らしく、ギャスケル夫人が上機嫌で出ていき、裏口で何か話している。

ルーイが本当に何気なく、バケツの水を捨てようと半開きになっている裏口の扉の陰にある流し場に近づくと、食料品屋とギャスケル夫人の会話が耳に入った。

「これはちょっと、よすぎる肉じゃないの？」

「大丈夫、箱の下のほうはいつものだよ、いい肉はサービスだ」

「支払いはいつもどおりだからね」

「わかってるよ。で、これがお前さんの取り分だ」

それが、意味ありげでいやな感じに聞こえ、ルーイは思わず、バケツの水を流す手を止めた。

ルーイが聞いているとも気づかず、二人は会話を続けている。

「ちょっと少なくないかい？　お前さん、余分に抜いてないだろうね」

「いつも通り半々だよ。小麦がちょっと値上がりしてるんだ。なあに、どうせここのドクターは、そう言えば余分に支払ってくれるだろう？」

「おかげさまでね。ここであと三年も働けば、田舎に戻ってのんびり暮らせそうだよ」

「お前さんもあくどいね。ここまで派手に抜いてる料理人も珍しいよ」

「そのおかげであんただっていい思いをしているわけだろ？　間抜けな雇い主はそれだけおいしいってことさ」

くっくっと笑い合う二人の会話を聞いて、ルーイは怒りに身体が震えるのを感じた。

これは……食材の横流しだ。

注文と納入品の量や質に差があって、余分な食材を転売して得た金を、配達の男とギャスケル夫人で山分けしている。そういうことだ。

料理人が残飯を売ったりして小遣い稼ぎをすることくらいは普通にある。

食料品屋と結託して横流しというのも、多かれ少なかれ行われていることなのかもしれない。

だが、話を聞いていると、それが並の規模ではない。

食材の質を落として差額を分配したりもしているようだ。

しかもギャスケル夫人は、ドクターを「間抜けな雇い主」とばかにしている。

ギャスケル夫人のまずい料理を、文句も言わずに耐えている人を。

恩知らずにもほどがある。

確かにドクターは、なんというか……紳士的で穏やかで優しい人だけれど、実際的なことには疎く、誰かがちゃんと生活の面倒を見てやらなくてはいけないのではないかと思わせる部分がある。

ギャスケル夫人は、ドクターのそんなところにつけ込んで好き勝手やっているとしか思えない。

ルーイが思わず扉の陰からギャスケル夫人の後ろ姿を睨《にら》みつけると、その向こうにいた食料品屋の男がルーイに気づいた。

「おい」

男が「まずい」という顔をし、ギャスケル夫人が振り向く。

「そんなところで立ち聞きかい！　油断のならない小僧だね！」

どこまで聞いていたのだろう、と探るような視線だ。

仕方ない。

聞こえてしまったのは事実だし、それに対して黙っていたら、共犯になってしまう。

「今の話を、ドクターが聞いたらどう思うでしょうね」

抑えた口調で、ルーイは言った。

「脅す気かい？」

ギャスケル夫人がすごんだが、それくらいで怯《ひる》んではロンドンの浮浪児はやれない。

「脅しませんけど、こういうことはやめたほうがいいと思います」

今までのことは仕方ないにしても、これからはこんな派手な横流しはやめてくれれば。

ルーイはそう思ったのだが……

「お前に何がわかるんだい！」

ギャスケル夫人は顔を真っ赤にして怒り出した。

「こっちだって、こんな手が足りない家で、手伝いもなしに大変な仕事をさせられているんだ、ちょっとくらいのうまみがなくて、やってられるものか！」

「だったら、もっとましな料理を作ったらどうなんですか？」

思わず……ルーイはそう言ってしまった。

ドクターが何も言わないのなら、「料理がまずい」とは自分の口からは言ってはいけないと思っていたのに。

「あたしの料理に文句をつけるのかい！」

ギャスケル夫人は逆上し、とっさに、レンジの上に乗っていたフライパンを手にして振り上げた。

殴られる。

慌ててルーイはあとずさり、キッチンの隅で椅子に腰掛け、皿を拭いていたサミィが、怯えた瞳でルーイとギャスケル夫人を見ているのに気づいた。

サミィは救貧院で、さんざんひどい目に遭っていて、暴力沙汰が本当に怖いのだ。

「大丈夫だよ、サミィ」

慌ててそう言って、ルーイはサミィをさっと抱き上げると、キッチンの外に逃れた。

「覚えておいで！」

ギャスケル夫人の声と、「じゃあ、俺は」と、そそくさと逃げていく食料品屋の男の声を背に、階段を駆け上がる。

玄関ホールまで逃れ、ルーイは自分の胸にしがみついているサミィの背中を、優しく撫でた。

「大丈夫、大丈夫だよ。でも今日は、昼は食べられないかもしれないね」

今の様子で、ギャスケル夫人が昼のパンをくれるとは思えない。

……どうしよう。

ギャスケル夫人の横流しのことを、ドクターに言ったほうがいいのだろうか。

使用人同士の告げ口はよくないことだ。

それに、雇われて日の浅いルーイと、前からいるギャスケル夫人の、どちらの言葉をドクターは信じるだろうか。

仮にルーイの言葉のほうを信じてくれてギャスケル夫人をクビにしたとしても、新しい料理人を探すのには時間がかかるだろうし、次の料理人がギャスケル夫人よりましかどうかもわからない。

もしかしたら、ギャスケル夫人も、ルーイに知られたことで、これからは少し控えるかもしれない。

いや、そんなことを望める相手ではないかもしれない。

そんなことを考え、一日悶々《もんもん》としながらも、ドクターが帰宅する頃には、とりあえず告げ口はせずに様子を見ようと決めていた。

だが、ドクターが帰宅すると、驚いたことにギャスケル夫人のほうが、どかどかと階段を上がってきた。

「旦那さま！」

「おや、ギャスケル夫人、何か？」

コートを脱ぎながら驚いたようにドクターが尋ねると……

「この子たちを追い出してくださいまし！　今すぐ！」

ギャスケル夫人は叫んだ。

「私は我慢ができません！　この子たちはとんだ食わせ者ですよ！　嘘《うそ》つきの泥棒です。いったいどうやって旦那さまに取り入ったのかわかりませんが、こんな嘘つきを置いておいてはいずれ大変なことになりますよ！」

そう来たか。

ギャスケル夫人も一日じゅう考えて、ルーイたちを追い出すのが一番いいという結論になったのだろう。

ルーイが嘘つきだとまず決めつければ、ルーイがもしギャスケル夫人の横流しのことを言っても「嘘だ」と言い抜けられる。

たぶん、ルーイがどういう嘘をついているのかもでっちあげるのだろう。

違うと言っても、信じてもらえるだろうか。

知り合ったばかりのルーイのほうが、ギャスケル夫人よりも明らかに分が悪い。

何か、言うべきだろうか。だが、何を？

ルーイがおそるおそるドクターを見ると、まくしたてるギャスケル夫人をどこか呆然《ぼうぜん》と見ていたドクターは、ゆっくりと瞬《まばた》きをした。

「この子たちを、追い出せと?」

「そうです」

ギャスケル夫人は勢いよく頷く。

「私は、こんな子たちと一緒に働くことはできません。もし旦那さまがこの子たちを追い出さないのなら、私が辞めさせていただきます!」

「……それは」

ドクターはギャスケル夫人とルーイを見比べた。

「それでは、仕方ないね」

仕方ない。仕方ないから、ルーイたちを追い出す。

ルーイがそんな言葉を予想して緊張に身体を固くしていると……

ドクターは穏やかな口調で続けた。

「残念だが、あなたの退職は認めましょう。ああ、そうだ、退職金を渡さないといけないね。それほどいやなら、今夜すぐにも出ていきたいのだろう。退職金を取りに、あさってくらいにまた来てもらってもいいかな。すまないね」

——え?

ルーイは一瞬、ドクターの言っている意味がわからなかった。

仕方ない……退職を認める。

つまり。

ギャスケル夫人の⁉

「だ、旦那さま……！」

ギャスケル夫人も一瞬遅れてドクターの言葉の意味を理解したのだろう、血が上っていた顔が、みるみる青くなる。

「いえ、そうではなく……私は、この子たちを……」

「本当に残念だよ」

ドクターは淡々と、しかしギャスケル夫人の言葉に被せるように続ける。

「バリー夫人もいつ戻るかわからないし、あなたに去られるのは痛手だが、私は使用人の自由意思を尊重します。本当にこれまでありがとう」

そう言って、手を差し出す。

ルーイに握手を求めたように……本来握手などするような関係ではないはずの料理人に、ごくごく自然に。

口をぱくぱくさせていたギャスケル夫人も、とうとうことの成り行きを理解したらしい。

ドクターの手を両手で軽く握ってぱっと離すと、

「お困りでしたら……いつでも戻ってきますので、ご連絡ください」

引き際を悟ったのだろうが、それでも虚勢を張るようにそう告げる。

「ありがとう、では引き止めても気の毒だ、どうぞ私の夕食は気にせず、荷物をまとめてください」

ドクターの真面目な顔に、ギャスケル夫人は気圧《けお》されたように頷き、ずかずかと、屋根裏の自分の部屋に向かって、階段を上がっていく。

頭上で勢いよくギャスケル夫人の部屋の扉が閉まるのを聞いてから、ルーイはおそるおそるドクターを見た。

ドクターも同時にルーイを見ると、悪戯《いたずら》っぽい笑みを頬に浮かべる。

「きみはどういう魔法を使ったのかな。彼女のほうから辞めると言ってもらえて、どれだけほっとしたかわかるかい？」

ルーイははっと気づいた。

ドクターはずっと、ギャスケル夫人に辞めてほしかったのだ。

だが雇い主として「料理が下手」というだけではクビにできなかった。

そういうことだったのだ。

「僕……もしかして、お役に立てたんでしょうか」

思わずそう言うと、ドクターはぷっと噴き出した。

「大いにね」

しかしふと真顔に戻る。

「だが、当面食事をどうしようかな。パブで済ませるか、何か買ってくるか……だがきみたちもそういう食事では気の毒だな」

気の毒なはずがない、食べられさえすれば、どんなものでも。

だが、ドクターこそ、料理人を失って不自由な思いをするのは気の毒だ。

それに今夜の食事も、まさか今からまたパブに出かけるのだろうか、それは大変だ。

「あの」

ルーイは思い切って言った。

「今夜は……僕が、作りましょうか」

ドクターが驚いてルーイを見る。

「きみが？　料理ができるのかい？」

ルーイは頷いた。

「お口に合うかどうかわかりませんが……なんとか」

画家の老人のところで、料理人の老婆の手伝いをしていて、とりあえず基本的なことは覚えた。そして、ギャスケル夫人の料理よりはましなものが作れるとも、思う。

ドクターはちょっと考える様子だったが、

「じゃあ……そうだな、うん、頼むよ。本当に何か簡単なものでいいから」

さすがにもう一度出かけるのは億劫《おっくう》なのだろう、申し訳なさそうにそう言ったので、ルーイは「サミィ、おいで」と自分にくっついていたサミィを連れて、急いでキッチンに向かった。

レンジの上には、例によって羊肉を茹でている鍋がある。ルーイは肉の塊を取り出し、あくだらけのスープを布で漉《こ》し、一口大に切った羊肉を戻すと、そこにジャガイモを入れて火にかけた。玉ねぎはバターで炒《いた》めてから、それも羊肉の鍋に入れて、ワインと塩と胡椒《こしょう》で味つけをする。

要するに、シチューだ。

ドクターがこういうものを食べつけているかどうかわからないが、ギャスケル夫人のごった煮よりはましなはずだ。

先ほど食料品屋が届けてきた箱の中に少しましな野菜があったので、水でしゃっきりさせてサラダを作る。

パンも軽くレンジであぶって温め、食卓でドクターが手に取るまで冷めないようにナプキンでくるむ。

見よう見まねでルーイにもできるようなこの程度の手間も、ギャスケル夫人は惜しんでいたのだ。

なんとか食事を調え、ドクターが待ち受ける居間に運ぶと、ルーイは緊張して、ドクターが食べ始めるのを見守った。

優しいドクターのことだ、ギャスケル夫人の食事とどっこいだと思ったとしても、口には出さないだろう。

だが表情には出るはずだ。

そう思って、ドクターの表情を見守っていると……

シチューをひとくち口にして、ドクターの顔がぱっと明るくなったのがわかった。

無言で、ジャガイモを、そして肉を口に入れる。

ギャスケル夫人が茹でてあった筋だらけの肉だが、一口大に切ったことで食べやすくなっているはずだ。

ドクターは、どこか「信じられない」といった顔で、味わい、咀嚼《そしやく》し、飲み込むと……

「驚いたね」

そう言ってルーイを見た。

「おいしいよ。きみは実は、どこかのお屋敷のチーフ料理人だったのかい？」

冗談半分とわかっていても、ルーイにはその言葉が嬉しい。

「ありがとうございます。本当に、ちょっとしたものを何種類か作れるだけなんですけど、お口に合ってよかったです」

そう言ってから、ルーイは思い切ってつけ足した。

「よろしければ、僕、これからお食事も作ります」

「え、いや、だがそれは」

ドクターは口に運びかけていたフォークを空中で止めた。

「……正直言って、きみのような料理人がいれば本当に嬉しいが、そこまできみに負担はかけられないよ。きみにはあくまでも歌うことをお願いしたのに、雑用までしてくれて、さらに料理など」

「でも、昼間は暇ですから……寝るところも食べるところもあって、することがないなんて、なんだか悪いことをしているみたいで落ち着かないんです」

ルーイはそう本音を言った。

「それにその……料理人不在の家になってしまったのは、僕に責任がありますし」

眉毛を上げたドクターとルーイの目が合い、同時にぷっと噴き出す。

「そうだね、じゃあ」

ドクターが明るく言った。

「バリー夫人が戻るまで当面、お願いするよ。ただし無理はしないで、私はパブで済ませても大丈夫だし、買ってきたものでも構わないからね。それよりも、きみとサミィが、昼も夜もちゃんと食べることを優先して。いいね？」

「はい」

ルーイは頷き、ドクターも微笑んで、また食事を続ける。

ルーイは、自分のせいでギャスケル夫人が辞めることになったのはちょっと後ろめたい気はしたが、どちらにしてもドクターはギャスケル夫人に辞めてほしがっていたらしいし、その分自分が役に立てるのなら嬉しい、と思っていた。


ひゅう、ひゅう、という奇妙な音に、ルーイはふと目を覚ました。

居心地のいい屋根裏のベッドの上で、ルーイの身体は暖かい布団に包まれている。

ここは、すきま風など入る部屋じゃない。

だが、この音は。

次の瞬間それがサミィの呼吸の音だと気づき、ルーイははっとして起き上がった。

「サミィ……サミィ?」

慌ててサミィの身体に触れると、寝間着越しなのに妙に温度が高い。

額に手をやると、熱いほどだ。

サミィが発熱している。

大変だ。

救貧院でも、浮浪児生活でも、時折具合が悪くなることはあっても、こんなに熱が高くなることはなかったように思う。

ルーイは急いでベッドから出ると、窓際に置いてあったオイルランプをつけた。

サミィの顔は真っ赤で、眉間にきつく皺を寄せ、目を閉じたまま苦しそうに息をしている。

どうしよう。

何か……何か悪い病気だったら。

だがルーイには、とりあえず何かで額を冷やすことぐらいしか思いつかない。

洗面は、朝キッチンの片隅でしているので、この部屋に水差しなどの用意はない。

「サミィ、ちょっと待っててね。すぐ戻るからね」

ルーイの声にも反応はなく、ルーイは不安で心臓がばくばく音を立てるのを感じながら廊下に出た。

ドクターは先ほど、ルーイの歌で眠りについたから、起こしてはいけない。あれほど、眠るのに苦労している人なのだから。

でも……でももしサミィが何か悪い病気だったら？

貧民街の子どもは、熱を出して翌朝には冷たくなっていることも多い。

お金がなくて、医者に診せることなど考えられないからだ。

サミィがそんなことになったら、ルーイはひとりぼっちになってしまう。

本当の弟ではないが、ルーイを頼り、ルーイが面倒を見なくては生きていけないサミィは、ルーイにとって本当に本当に必要な存在なのだ。

とにかく、なんとかドクターが起きる時間まで額を冷やしてやろう。

足音を忍ばせたつもりでも、階段がぎしぎしと音を立てるので、ひやひやしながら階下のキッチンまで辿り着き、水差しに水を汲み、洗面器と、キッチン回りの掃除に使う布を何枚か持って、また階段を上がる。

二階まで上がったとき……

ドクターの寝室の扉が開いた。

「ルーイ？　どうした？」

完全に目覚めている顔だ。

「す、すみません、起こしてしまって——」

謝りかけたルーイが手にしている水差しや布に目を留めたドクターははっとした。

「もしかしたら、サミィが熱でも出したのか？」

「あ、はい」

ルーイが答えると、ドクターは即座に部屋の中に戻り、寝間着の上にガウンを羽織りながら廊下に出てくると、階段を三段飛ばしで駆け上がっていった。

慌ててルーイが続くと、ドクターはサミィを抱いて、部屋の外に出てきた。

「居間へ。暖炉に火を熾《おこ》して」

「はい！」

慌ててルーイはまた階段を駆け降り、居間に飛び込んで暖炉に火を熾す。

ドクターはその暖炉の前に、居間のありったけのクッションをかき集め、さらに別な部屋から洗濯済みのきれいな毛布やシーツやタオルを山ほど持ってきて、たちまちサミィを包み込む。

ドクターが真剣な顔でサミィの上にかがみ込み、首のあたりを指で触り、指で口を開けて喉の奥を見たり、寝間着がわりにしている古いシャツの前をはだけて胸の音を聞いたり、肌を観察したりしている。

その真剣な横顔を、ルーイはじっと見つめた。

これまでルーイにとってドクターは、紳士的で穏やかで優しい人だけれど、実際的なことには疎く、誰かが生活の面倒を見てやらなくてはいけない人、という印象だった。

そのドクターが、専門の知識を持った、頼りになる大人の男の人に見える。

大丈夫だ。

この人がいてくれれば、サミィは大丈夫だ。

不思議とそんな気持ちになってくる。

やがてドクターは、改めてサミィの身体を毛布で包み込み、顔を上げてルーイを見た。

「見たところ、喉も腫《は》れていないし、発疹《ほっしん》もない。お腹も下してはいないようだし、悪い

病気ではないよ」

「そうですか……!」

ルーイはほっとした。

ドクターは何か水薬のようなものをひとくちサミィに飲ませ、それからきれいなタオルを冷たい水で絞り、サミィの額に載せる。

「急に環境が変わったから、身体が驚いたんだろう。明日には熱も下がるだろうから、滋養のあるものを食べさせて、ゆっくり休ませてやろう」

穏やかにドクターはそう言って、目を細めてサミィの汗で湿った黒い髪を撫でてから、またルーイを見つめた。

その瞳に、優しく、思いやり深く、そしてどこか痛々しげな色があり、ルーイはどきっとした。

こんなふうに、誰かに見つめられたことなんて、あっただろうか。

「……苦労してきたんだね」

低く、呟くようにドクターは言った。

「きみたちの……これまでの暮らしについては、詮索してもいけないと思ってあえて尋かずにいたんだが。きみたちは本当の兄弟ではないのかな?」

金髪に濃い碧の目のルーイと、黒髪に黒い目のサミィはまったく似ていないから、ドクターにはわかっていたのだろう。

「……救貧院で、会ったんです」

サミィの顔を見つめながら、ルーイは言った。

まだようやく赤ん坊から幼児になりかけたくらいのサミィが、食べ物もろくに与えられず、年長の少年たちの格好の攻撃対象になっていたこと、ルーイが抱っこして笑いかけてやったら、しがみついて離れなかったことなどを、ぽつりぽつりと話す。

「……サミィが喋れないのも、そういう経験のせいかもしれないね」

ドクターは言った。

「だとしたら、安心できる環境で、ゆっくり様子を見るのが、おそらく一番の治療法だろうと思うよ」

「じゃあ……サミィはいつか、話せるようになりますか?」

ルーイが尋ねると、ドクターはしっかりと頷き、ルーイの頭に手を載せた。

温かく大きな手。

ちっとも怖くない、汚くも厭《いと》わしくもない、これまでルーイに触れた男たちの手とはまったく違う、ドクターの手。

「大丈夫だ。そしてきみもね。きみだってまだ、半分子どものような年齢なんだ。この家で、安心して暮らしなさい」

その言葉を聞いて……ルーイの胸のあたりに、何か熱い塊がつかえたようになった。

安心して暮らせる。

食べるものの心配もなく、いやな仕事を耐えることもなく。

そんな暮らしを……このドクターが与えてくれる。

それを実感した途端、ぽろ、と熱いものが目から溢れ、頬に流れた。

「あ……」

泣くなんて……いい年をして。

慌てて拳で目を拭うルーイの頭を、ドクターの手がぽんぽんと優しく叩いていた。


翌日にはサミィの熱はドクターの言ったとおり、下がった。

ドクターの指示でルーイは牛乳や果物などを買いに出かけ、サミィは毎日温かいココアを飲むという贅沢のおかげで、めきめき快復した。

「どっちにしても、新鮮な牛乳は子どもの身体にはいいからね。毎日届けさせよう」

ドクターはそう言って、信頼できる牛乳屋も教えてくれる。

ロンドンの街中で売っている牛乳の半分は、薄めて混ぜ物をしてある、むしろ飲まないほうがよっぽど身体にいい、ということもルーイは知らなかった。

すっかり元気になったサミィは相変わらず喋らないけれど、毎日食事のときには幸せそうな顔をして、食事を作るルーイにぴったりくっついて、楽しそうに手伝ってくれる。

本当に、すべてはドクターのおかげだ。感謝しなくては。

ルーイはそう思って家の中の仕事を懸命にやり、そして一日の終わりにはドクターのために歌を歌う。

そんな生活にも馴染《なじ》んできたある夜。

ドクターに夕食の給仕をしていると、玄関の扉が開く気配がした。

ドクターが、おや、という顔をする。

誰だろう。

ルーイが手に持っていたスープの鍋をテーブルに置き、居間を出ようとすると、扉が開いた。

「あら！」

ルーイとぶつかりそうになり、驚いたように声をあげたのは、一人の女性だった。

年は六十くらいだろうか、白髪を首の後ろで上品に結っていて、質素だが品のいい毛織りの旅行服を着ている。

「おや、お帰り、バリー夫人！」

ドクターが嬉しそうな声で言った。

それではこの人が、留守にしていた家政婦のバリー夫人なのだ、

「ただいま戻りました、すっかりご不自由をおかけして……と思ったのですが、そうでもなさそうでございますね」

バリー夫人は、ドクターの食卓を見て、驚いたように眉を上げる。

透きとおったコンソメスープと、アスパラガスを使った彩り豊かなサラダ。

「ギャスケル夫人はずいぶん腕を上げたようでございますね。それに、このとてもお若い方は？」

面白そうにそう言うバリー夫人の視線の先には、セーラーカラーの上着を着てこぼれ落ちそうな目でバリー夫人を見上げているサミィがいる。

「ギャスケル夫人は辞めてね、この食事はこの、ルーイが作ってくれたんだよ。これはサミィで、ルーイの弟だ」

ドクターの言葉に、バリー夫人はルーイを見て数度瞬きする。

「ずいぶん……変わった料理人をお雇いになりましたこと」

「いえ、あの、僕は……本職の料理人では……」

慌ててルーイが説明しようとすると、バリー夫人は笑い出した。

「こんなにおいしそうな料理が作れるのなら立派に本職の料理人になれますよ。でも、違うのね？　旦那さまから一度、子守歌を歌ってくれる歌手を見つけたとお手紙をいただいたのだけれど、それがあなたなのね？」

茶目っ気のある優しい口調に、ルーイは、この人は好きになれそうだ、と感じた。

「ルーイはすごいんだよ。おかげで私の寝不足は完全に解消されたよ。それで、弟さんの病気はすっかりよくなったんだね？」

「おかげさまで」

バリー夫人はドクターに向き直って真面目な顔になる。

「弟から、旦那さまにお気遣いのお礼を申し上げてくれとのことですわ。処方していただいたお薬を、隣町の薬屋がなんとか調達してくれたので助かりました。こんなに長いことお休みをいただいて、なんとお礼を申し上げればいいか」

「いや、弟さんがよくなって、あなたが戻ってきてくれたのなら、それでいいよ」

ドクターは嬉しそうだ。

「それで、いろいろ説明しなくてはいけないんだが、どこからどうすればいいかな」

「私はまず、旦那さまがあんなにご苦労なさっていましたのに、ギャスケル夫人をどうやって辞めさせられたのか伺いたいですね」

バリー夫人は興味津々といった顔だ。

「いや、なんとギャスケル夫人は、自分から辞めてくれたんだよ」

ドクターは飄々《ひょうひょう》と言ってから、ルーイと顔を見合わせ、噴き出した。

「それもこれも、ルーイのおかげでね」

「まあ！　自分から⁉」

バリー夫人は驚きに目を見開き、ルーイに向き直った。

「私が何を申し上げても、何か決定的な悪事の証拠でもなければクビにはできないと旦那さまがおっしゃって、私も本当に困っていたのよ。その彼女に、自分から辞めると言わせてくれたのなら、私もあなたにお礼を言わなくては」

「いえ、そんな……僕は、その」

しどろもどろになりながらも、ドクターの説明はいろいろとざっくりしすぎているので、おいおいちゃんと説明しないと、とルーイは思う。

「ま、とにかく」

バリー夫人は言った。

「あなたたちが旦那さまにとって必要な人たちなら、それは私にとっても大事な人たちということですよ。仲良くやりましょうね」

ルーイに頷いてから、サミィに向かってもにっこりと微笑みかける。

サミィの顔にも、はにかんだ笑みが浮かんだので、サミィもこのバリー夫人を好きになれそうなのだと思い、ルーイはほっとした。

バリー夫人が戻って、ハクスリー家の暮らしは相当「まとも」なものに立て直された。

もとからの懸案だったらしい雑役婦と新しい料理人については、新聞広告で募集することが決まり、その間、通いの掃除婦と洗濯婦は頼み、日々の雑用はバリー夫人とルーイでしのぐ。

バリー夫人はどうやらもともと大きなお屋敷にいて、雑役婦から叩き上げで家政婦まで上り詰めたらしく、暖炉回りの掃除など汚れ仕事も必要とあれば自分でこなす人だ。

ドクターとの関係も、主従の垣根を踏み越えはしないが、強い信頼関係があるとわかる。と同時に、どことなく乳母《うば》とお坊ちゃんのようにも見えるのは、ドクターがどこか浮き世離れしていて、それをしっかり者のバリー夫人が補佐しているからだろうか。

バリー夫人は、ルーイとサミィの置かれている立場を把握すると「旦那さまは所詮男の方ですからね、気がつかないんですよ」と笑いながら、確かにドクターが気がつかなかった新しい下着や寝間着を用意してくれた。

ルーイたちの服装については、「いかにも従僕といった燕尾《えんび》のようなお仕着せを着せたくない」というドクターの意向を尊重して、ルーイには、普通の毛織りのスーツを、サミィには華美になりすぎない子供服を、さらに数着揃えてくれる。

おかげでルーイは若い事務員のような、そしてサミィはちゃんと両親が揃った堅実な中流家庭の子どものような、こざっぱりした雰囲気になった。

家の中のことも、ルーイもずいぶん頑張って整えていたつもりだが、気づかなかったり知らなかったりした細かいことはいろいろあったらしい。

バリー夫人は「年齢と経験が違うのよ」と笑いながら、カーテンを縁取るレースを取り外して漂白したり、家じゅうのランプの煤掃除をしたりして、家の中は見違えるようにぴかぴかになった。

サミィにも、その小さな手でできそうなことをバリー夫人が手伝わせてくれ、ルーイと一緒に一生懸命仕事をしているのが楽しそうだ。

安心感。

ルーイが自分の中に、これまではなくて、そして新しく芽生えたと気づいたものは、それだ。

これまで、食事も寝床も着るものも、生きるのに必要なことすべてを、自分で判断して自分の責任で獲得しなくてはいけなかった。

画家の老人の家にいたときですら、老人の顔色を窺《うかが》い、気を損じないようにびくびくしていて、誰かの「保護」のもとにいるとは感じなかった。

それなのに今は、ドクターとバリー夫人の庇護《ひご》のもとで、なんの心配もなく、夢のような生活をしている。

だが、これに慣れてはいけないのだ、とルーイは時折自分に言い聞かせた。

画家の老人のところだって、老人が亡くなったら、無一文で放り出された。

ドクターのところも、いつどういうふうに事情が変わるかわからない。

幸いドクターは給金をくれる。

だから今はその給金に見合うだけの仕事を一生懸命して、貯金をしておきたい。

サミィについては、ドクターが何度か診察し、「たぶん、何かのきっかけで喋り出すと思うよ。今はとにかく、落ち着いて安心する暮らしをさせてあげることだ」と言ってくれ、まさにその暮らしをドクターが与えてくれている。

だが、その「きっかけ」がいつか本当に訪れるのかどうかもわからない。

もしサミィがこのまま喋ることができなければ、何か黙っていてもできるような仕事を探して、手に職をつけさせるとか、そういうことも考えなくてはいけない。

そう。

自分はサミィと同じように、守られる立場に甘んじていい立場でも年齢でもない。

ドクターは厳格な階級の垣根をまったく意識しない珍しい人ではあるが、その人の厚意に狎《な》れてはいけないのだ、とルーイは自分を戒めていた。

「ルーイ、きみは、歌手が歌うのに興味があるかい？」

ある日、ドクターがルーイに尋ねた。

「歌手、ですか？」

唐突な質問にルーイが戸惑っていると、ドクターは頷いた。

「きみは、歌を誰かに習ったことはないそうだが、歌手の歌を聴いたこともないのかなと思ってね。次の日曜に、セント・ポールでチャリティの音楽会があるんだが、もし興味があったら行ってみないか？」

歌！　歌手の歌！　本物の！

「行きたい、聞きたいです！」

ルーイは叫んだ。

歌うのも好きだが、他の人が歌うのを聴くのも大好きだ。

とはいえ、せいぜい辻音楽師の歌とか、暖を取るために忍び込んだ場末のミュージックホールの怪しげな歌しか聴いたことがないのだが、どんな歌からでも、ルーイは詩や曲や、歌い手の感情のようなものが、自分の中に入り込んで気持ちよく溶けていくような気がする。

モデルになった画学生からオペラのことを聞いたこともあって、夢の世界のように感じていた。

ドクターが言っているチャリティ音楽会ではきっと、聴いたことのない声で歌われる聴いたことのない歌がたくさん聴けるに違いない。

「よし、では行ってみよう」

ルーイが興奮で顔を赤らめているのを見て、ドクターは嬉しそうに頷いた。

巨大な聖堂には、さまざまな身分の人々が押し寄せていた。

毛皮に身を包んだ貴婦人たちをエスコートする、やはり毛皮の襟がついたコートを着て、シルクハットを被った紳士たち。

山高帽に毛織りのスーツを着て妻や娘を連れた中流階級の男たちから、労働者階級の家族まで。

ドクターに連れられ、サミィの手を引いて大聖堂の前に立ったルーイは、呆然とその人々の波を眺めていた。

あらゆる階級の人々が集って、それぞれの席に陣取っているが、貧民や浮浪児はいない。

そういう人々に冬を越す毛布や衣服を恵むためのチャリティらしいけれど、そういう人々は寄付するお金を持っていないから、こういう場所には入れない。

本当に自分は、「こちら側」にいていいのだろうかと、不安になる。

しかしすぐに、一歩歩けばドクターに挨拶する人々に気づいてそちらが気になりだした。

「ドクター」

「ドクター・ハクスリー」

「先日はありがとうございました、おかげさまで元気に仕事に行っていますよ」

帽子を取って丁重に挨拶するのは、あらゆる階層の人々だ。

「まあドクター、お勧めくださった転地療養は娘に本当に効きましたわ」

まばゆいばかりの宝石と毛皮で身を飾った貴婦人が、ドクターに優雅に挨拶をし、ドクターは穏やかに頷いて応じる。

その中で、「ハクスリー」と一人の若い紳士がドクターに声をかけた。

これも明らかに上流階級の、ドクターと同年齢の男だ。

「やあボルトン、きみも？」

ドクターがきさくに応じ、相手の紳士が親しげにドクターの肩を叩く。

「この間ご母堂にお会いしたら、まるで実家に寄りつかないって嘆いていらしたぜ」

「愚痴は適当に聞き流しておいてくれ」

ドクターは苦笑し、ボルトンと呼ばれた紳士は、ドクターの傍らにいるルーイたちに視線をやる。

「専属歌手を手に入れたと聞いたが、どっちがそうなんだい？」

ドクターは心地よい声をたてて笑った。

「小さいほうだと言ったら、またそれが噂になるんだろう」

「きみが変人なのは知れ渡っているから、誰も驚かないだろうよ」

相手も笑い出し、ルーイはその様子から、仲のいい友人なのだと察した。

ドクターは確か「持てる人からはたくさん貰って、持たざる人からは少なく貰う」と言ってはいたが、「持てる人」というのは中流程度の人かと漠然と思っていたのに、本物の上流階級の患者がたくさんいるらしい。

そして上流階級の友人もいる。

そんな人が貧乏人も診てくれるなんて、普通は考えられないことだ。

「きみが、ハクスリーの長年の悩みを解決したという歌手か。金色の羽のナイチンゲールという感じだな」

ボルトン氏は気さくな笑みをルーイにも向けてくれる。

ナイチンゲール……夜啼鶯。

ドクターのために夜歌う自分をそんなふうに表されるのはなんだかくすぐったい。

そのとき、しつらえられたステージ上に、燕尾服を着た司会の男が出てきた。

「あ、始まるようだぜ。席につこう」

ボルトン氏が促し、ドクターはルーイとサミィを連れて、近くに並べられた椅子に座った。

司会の男性の挨拶や、誰かロンドン市の偉い人らしい男性の演説が終わると、楽器の演奏が始まる。

それは、素晴らしい経験だった。

荘厳な大聖堂や、着飾った人々に気圧されていたルーイだが、音楽がはじまるとたちまち我を忘れた。

オーケストラの演奏などちゃんと聴くのははじめてだが、その音の厚みや繊細さにうっとりと聞き入る。

歌手が入れ替わり立ち替わり現れて歌う歌を、身体じゅうで味わう。

中でも圧倒されたのは、四十くらいの年齢の、一人のテノール歌手だ。

甘く優しい声音、囁《ささや》くような低い声から、朗々と響き渡る高い声まで、まるで楽器のように自分の声を自在に奏で、聖堂を音で満たす。

すごい。

なんてすごい、そして素晴らしい。

ルーイは無我夢中で、その声を貪《むさぼ》り……その音の一つ一つを自分の中に取り込み、反芻し、頭の中で再現し……

「ルーイ、ルーイ」

肩を軽く揺すられて、はっと我に返った。

気がつくと演奏会は終わったらしく、人々がざわめきながら席を立っている。

「あ……僕……」

「楽しめたか……と尋くまでもないようだね」

ドクターは微笑んだ。

「ハクスリー」

人をかき分けて、先ほどのボルトン氏が近寄ってくる。

「ちょっと、きみんちに寄ってもいいかい？」

「ああ、もてなしを期待しないならね」

「するもんか。じゃあ、うちの馬車で行こう」

そんな会話とともに、お仕着せを着た御者が操る立派な馬車が現れ、ドクターに促されてルーイとサミィも乗り込む。

ドクターの家に向かう途中もルーイの頭の中には今聴いた曲が次々に流れ続け、ルーイは夢見心地でいた。


家に戻り、ドクターとボルトン氏が書斎に入ると、ようやくルーイは少し我に返った。

サミィはずっと、不思議そうにルーイを見上げている。

「ルーイ、大丈夫？」

バリー夫人が面白そうに尋ねる。

「すっかり音楽会で当てられてしまったようね」

「ああ……だって、素晴らしかったんです。本物の音楽っていう感じで」

「それでも教会のチャリティですものね。本物のオペラを観《み》に行ったら、あなたはどうなってしまうのかしら」

バリー夫人の言葉に、ルーイの胸は高鳴った。

本物のオペラ。

あの、素晴らしいテノール歌手のような歌が、何時間も聴けるのだろうか。

だが、オペラのチケットなんて、たぶん自分には手の届かない値段なのだろう。

「さあ、これを書斎に持っていってほしいんだけど……大丈夫？」

バリー夫人が、お茶のトレイを差し出したので、ルーイは慌てて気持ちをしゃんとさせた。

階段を上がって二階の書斎に向かうと、両手が塞《ふさ》がったルーイの代わりに、サミィがちゃんと扉をノックしてくれる。

ドクターが中から扉を開けてくれた。

ボルトン氏は暖炉の前に置かれた安楽椅子に、脚を組んで腰掛けている。

「うーん、こうやって見ると、本当にきれいな子だな」

ボルトン氏がルーイを見てそう言ったので、ルーイは思わずわずかに身を固くした。

大人の男に「きれい」と言われると、ろくなことがない。

もちろんボルトン氏はドクターの親しい友人らしいし、今の言葉にも他意はないとわかるが、ありがたい褒め言葉と素直に受け取ることができないのだ。

ドクターは、ルーイがわずかに表情を固くしたのに気づいたのか、トレイを受け取って、優しく尋ねた。

「今日の音楽会は満足したかい？　夢中で聴いていたね」

「あ、はい！」

ルーイは慌てて頷いた。

「素晴らしかったです。連れていっていただいて、本当にありがとうございました」

「何が一番気に入った？」

ドクターの問いに、ルーイはちょっと考え、

「全部素敵だったんですけど、あの……テノールの方の、二曲目。確か……」

曲名がわからないので、ルーイは口ずさんだ。

音がかろやかに跳ねる部分とゆるやかに流れる部分が交互に積み重なって、とても美しかったのだ。

「……おいおい」

ボルトン氏が驚いたように呟《つぶや》いたので、ルーイははっとして歌をやめた。

お客の前で、歌ってみせるなんておかしなことだっただろうか。

しかも、あんなに素晴らしい歌手が歌ったものを。

不安になってドクターを見ると、ドクターは少し驚いたように、そして嬉しそうにルーイを見ている。

「今日、一度聴いただけで覚えたのかい？」

「……はい」

歌はたいていそうだ。一度聴けばわかる。

普通はそうではないのだろうか。

「もう一度……最初から歌ってみてくれないかな」

ボルトン氏が椅子から身を乗り出して言った。

ルーイが思わずドクターを見ると、

「私も聴きたいな。君がいやでなければ、もちろん」

いつものドクターの、ルーイの意思を尊重してくれる言葉が嬉しく、ルーイは戸惑いながらも歌い出した。

あの歌手と同じように歌えるわけがない。

だが、画家の老人のところで、変声期が来て「もう歌うな」と怒られたときに比べると声も安定しているし、この歌の音域なら楽に出る。

そして何より、この曲を作った人が、どういうふうに歌ってほしいのかがわかるような気がするから、丁寧にその「作曲者の想《おも》い」を汲み取りながら歌えば、そんなに聞き苦しい、おかしな歌にはならないように思う。

歌いながらもルーイは、この曲の美しさにうっとりしてしまう。

最後の音を丁寧に空中に送り出し、その余韻が静かに消えていくと……

「ブラボー！」

ボルトン氏が大きな声で言って拍手をしたので、ルーイはびくりとした。

「あ、あの……」

「素晴らしかったよ、ルーイ」

ドクターも驚いたように、そして嬉しそうにゆっくりと拍手をする。

ボルトン氏が、ドクターとルーイを交互に見て言った。

「ちょっと、頼みがあるんだが。叔母《おば》のサロンで、今度の木曜に歌ってくれる歌手を探しているんだ。小さな集まりだから、圧迫感のない声で、あまりこなれていない目新しい歌い手を、という希望なんだ。見た目がよければなおいい、という無茶な注文なんだが、まさにこのルーイがぴったりじゃないかと思うんだがね。ルーイ、きみ、サロンで歌ってみる気はないか？」

サロン……サロン？

お金持ちの家の、客を招く集まり、ということだけはなんとなくわかるが……

「ぼ、僕なんかが……そんな、人前で、もっとちゃんとした人が……」

「いやいや、私的な集まりの余興だから、気負う必要はないんだ。ほら、劇場みたいに客から金を取るわけでもないし。もちろん、歌ってくれればきみに相応のお礼は払うよ」

お金が貰える、という言葉にルーイははっとした。

もちろん、ドクターから過分な給金は貰っている。だがそれは、サミィの将来のために無駄遣いはできないものだ。

しかし、パンのためにあくせくしなくて済むようになった今、もし余分に使えるお金があれば、という欲はなくもない。

ドクターの使いを頼まれて本屋に出かけたとき、サミィが美しい絵本に見とれていたのをルーイは知っている。

ルーイもなんとか読み書きの基本はできる。そろそろサミィに教えてもいい頃だし、そのためにはああいう絵本があればいいのに、と思っていたのだ。

それでも、本当に自分などが人前でちゃんと歌うことができるのだろうか、と思い……もう一度ドクターを見る。

見知らぬ人ばかりだと怖い気がするが……もし……もし……

「ドクターも……いらっしゃいますか」

ドクターがボルトン氏を見ると、ボルトン氏は頷いた。

「それがきみの条件なら、当然だ。問題はハクスリー、きみのほうだぜ」

ドクターは一瞬うっと言葉に詰まる。

「ドレスコードは？　フロックを着なくてはいけないか？」

ドクターは正装が嫌いなのだろうか、とルーイは不思議に思った。そういえばドクターの服はいつも毛織りのスーツと山高帽で、正装は見たことがない。

ボルトン氏は、ドクターの言葉に笑い出した。

「相変わらずだな。そんなに気取ったサロンじゃないし、きみの変人ぶりは知れ渡っているから心配無用だが、もしフロックを着ろと言われたら、ルーイを一人でよこすのかい？」

「……それなら、裏方としてピアノの下にでも潜り込んでいるさ」

ドクターが憮然《ぶぜん》として答え、それから、不安そうにそのやりとりを見ていたルーイに微笑んだ。

「いや、心配しなくていい。このボルトンは、私の社交嫌いを面白がっているだけなんだよ。もちろん、ちゃんときみにつき添うから、心配しなくていい」

もしかしたら自分のせいでドクターに余計な負担を強いるのではないかと思ったルーイだが、その言葉は本心だとわかったので、ほっとした。

ボルトン氏の叔母というレイモンド夫人の邸宅は、ロンドンの高級住宅街にある豪邸だった。

バリー夫人が、ルーイの体型に合う白っぽいフロックを手に入れてくれ、金髪は撫でつけすぎずにふわっとさせてくれた。

ルーイのそんな姿を感嘆して見つめていたサミィは、今日は留守番だ。

そして辻馬車で乗りつけたレイモンド邸には、紳士淑女が二十人ほど集っていた。

ルーイには、ただ「上流っぽい」というくらいで、こういう人々の身分などは見当もつかない。

ただただ、広い屋敷の美しい装飾、女性たちのドレスや宝飾品と、男性たちの黒い服のコントラストに、目がちかちかしそうで、その一つ一つに感嘆する余裕もないほどだ。

レイモンド夫人は四十過ぎの美しい夫人で、笑顔でドクターとルーイを迎えた。

「ドクター……いいえ、今日はロジャーと呼ばせていただくわ、こんな席に顔を出してくださるとは思わなかった。この、あなたのお抱え歌手のおかげね」

ドクターに親しげに言ってから、ルーイを見つめる。

「今日は楽しみにしていますよ」

雲の上の人とも思える貴婦人にこんなふうに迎えてもらえるとは想像もしていなかったルーイは、緊張して答えた。

「奥さまにご満足いただけますように、頑張ります」

レイモンド夫人は微笑んだ。

ドクターは早速人々に囲まれ「まあ、ドクター」「ハクスリー、久しぶりだな」などと声をかけられて、困ったような笑みを浮かべながらも親しげに応じている。

ルーイは、少し不思議な気がした。

ルーイにとってドクターは「中流階級の上のほう」にいる人という感じで、上流階級の患者がいるから知り合いも多いのだと思っていたが、どうもこの迎えられ方を見ていると、人々はドクターを自分たちと同じ階級の人間として扱っているような気がする。

ドクターは実際……この厳しく複雑な階級社会で、どの階層に属する人なのだろう。

しかしそんな疑問も、レイモンド夫人が広い部屋の片隅に置かれたピアノの前に案内してくれると、どこかへ行ってしまった。

「やあ、若い歌手だね、よろしく」

そばかすのある陽気そうな男がピアノの前に座っていて、ルーイに手を差し出し、握手してくれる。

「ちょっと合わせようか。曲目は聞いているけど、楽譜は読める？」

何を歌うかは、あらかじめボルトン氏を通じて伝えてある。先日ボルトン氏の前で歌った曲と、あとはルーイが知っている歌を数曲だ。

辻音楽師が歌うのを聞いて覚えたりしたものばかりで、旋律をボルトン氏の前で歌ったらボルトン氏が知っていたので、どれも有名な曲だと知ったくらいだ。

耳で覚えているだけで、楽譜などとんでもない。

「いいえ……」

おずおずと答えると、男は気楽に頷いた。

「大丈夫だ。じゃあ、前奏入れるからね、こんな感じ。小さい声で合わせてみて」

ピアノが一緒だと、歌いやすい。そしてピアノが誘導してくれる部分と、ピアノがルーイに合わせてくれる部分を互いにチェックしていくと、気持ちがどんどん乗ってくる。

部屋の中は適度にざわめいていて、いくつかの塊ごとにさまざまな会話を交わしている。

つまり、自分の歌は、こういう親しい人々の集まりでのひとつの余興に過ぎないのだと思うと、少し気が楽になってくる。

やがて「では、今日の歌い手をご紹介しますわ」というレイモンド夫人の声で、これまでピアノには気づかないふりをしていたかのような人々が、こちらに視線を向けた。

ピアノに近いソファに座る人もいれば、遠い片隅で立ったままの人たちもいる。

それでも、人々が会話をやめてルーイに視線を注いでいるのがわかって、ルーイはさすがに緊張した。

本当に、こんな人たちの前で歌って大丈夫なのだろうか。

だが、壁際の豪華なマントルピースに片肘を載せて立っていたドクターが、力づけるように頷いてくれたので、なんとか深呼吸して気持ちを落ち着かせる。

前奏がはじまると、ルーイは音に集中し……そして歌い始めると、余計なことはすべて吹き飛んだ。

自分の声とピアノが溶け合って、部屋を一周して自分の耳に戻ってくる音の、なんと心地よいことだろう。

あまりレパートリーがないので、短い子ども向けの数え歌のようなものも入っているのに、お客が微笑みながら聞き入ってくれているのがわかる。

曲が素晴らしい。歌詞が素晴らしい。伴奏が、お客が、空間が素晴らしい。

そのすべてがルーイに力をくれる。

何者かが注ぎ込んでくれた音楽がルーイの全身を通り抜け、ルーイはただただそれを喉から送り出しているだけのような気がしてくる。

そうやって、五曲ほどを歌い終え……

まだ全身を音楽が満たしているように感じ、その心地よさに身を委ねていたルーイは、湧き起こった拍手にはっと我に返った。

慌ててお辞儀をし、周囲を見回すと、ピアニストもルーイのほうに手を伸ばして拍手してくれる。

そしてドクターも。

控えめに、しかし嬉しそうな笑みを浮かべて拍手をしてくれている。

そしてレイモンド夫人が満面の笑みを浮かべて近寄ってきた。

「素敵な歌手さん。素晴らしかったわ。またぜひ、歌ってくださる？」

また、こんな機会を与えてもらえるのか。

「お、奥さまがお望みなら……ご満足いただけて……嬉しいです」

ルーイは夢見心地で答えた。

レイモンド夫人のサロンで歌う、若い歌い手はたちまち評判になった。

毎週木曜の午後に客を招いているらしく、毎回お呼びがかかる。

ルーイも次第に人前で歌うことに慣れてきて、緊張しなくなってきた。

歌った後には片隅のテーブルでお茶を出され、サンドイッチや、名前も知らない焼き菓子などがあまりにもおいしいので「弟に食べさせたいです」と思わず口走ったら、レイモンド夫人は持ち帰れるように毎回バスケットを用意してくれるようにもなった。

三度目くらいからは、ドクターの仕事の邪魔をしてはいけないと、一人で辻馬車で出かけられるようにもなった。

さらにルーイを驚かせたのは、謝礼として支払われる新品のポンド札だ。

ドクターの給金は週払いで札ではないし、何しろ衣食住つきだから使うあてもなく、ド

クターに頼んで貯金してもらっているから貯《た》まった金を実際には手にしていない。

だから、ルーイは生まれてはじめて硬貨ではなく札を手にしたのだ。

自分の歌にそれだけの価値があるのかどうかわからないが、本当にありがたい。

だが何より嬉しいのは、ドクターが感心してくれることだ。

「ルーイの声も歌も、私にとってはもちろん素晴らしいものだが、誰が聴いても心癒《こころい》やされる何かがあるんだね」と。

そして、

「私が眠るためだけに独占していてはいけないのだろう」と、少し寂しげに言うので、ルーイは首を振った。

「僕の歌はまず、ドクターに眠っていただくためのものです」

それは本心だ。

だから、ドクターの寝室で毎夜歌うときもより心を込めて丁寧に歌う。

あの川下りの歌は、歌詞があやふやな部分を何度も考えて、ルーイなりに歌詞を完成させた。

もともとが「あなただけのために歌う」という優しい歌なので、ドクターのために歌うことを考えれば、難しくはなかった。

サミィに絵本も買ってやれた。

本当に、こんなに幸せでいいのだろうかと思う。

それもこれも、全部、ドクターのおかげだ。

ドクターに何か恩返しをしたい。ドクターの役に立ちたい。

そんなことを考えていたある日、思いがけぬことが起きた。

レイモンド夫人のサロンでルーイの歌を気に入った別の貴婦人が「我が家の夜会でも歌を」と声をかけてきたのだ。

当然、やってくる客も用意されるピアニストも違うわけで、ルーイは緊張したが、レイモンド夫人の勧めもあり、受けることにした。

バリー夫人も「まあ！　その方は貴族ですよ！」と驚きつつ、新しい服を用意してくれる。クリーム色に、えんじ色の刺繍《ししゅう》を入れたフロックコートだ。

緊張しつつ出かけたが、歌はちゃんと歌えたし、大きな拍手も貰えた。

アンコールを求められたがレパートリーがなくて、仕方なく伴奏なしで、あの川下りの歌まで歌わなくてはいけなかったほどだ。

もしかしたら……自分はこうやって、サロンで歌ってお金を貰うことで、生きていけるかもしれない。

ルーイの中に、そんな大それた希望がちらりと生まれる。

出番が終わって謝礼も貰ったので、女主人に礼を言ってホールを出ると、にぎやかなホールの中とは打って変わって廊下はしんと静まり返っていた。

なんだか……今、後にしてきたのはまったくの別世界だったように感じる。

レイモンド夫人は必ず玄関ホールまで見送ってくれるのでそうも感じなかったのだが、本来、余興に呼んだ素人《しろうと》歌手の扱いなど、こんなものなのだろう。

むしろこのほうが、自分もあのホールの人々と同じ世界にいる人間なのだと誤解せずに済む。

そう思いながら階段を降りていると、途中の踊り場に、一人の男が立っていた。

壁に寄りかかって、腕組みをしている。

三十前後の、口髭を生やした紳士で、服装から、客の一人なのだろうとわかる。

ルーイが会釈してその前を通り過ぎようとすると、男は、ルーイの顔をじっと見つめ、にやりと笑った。

「……やっぱりね。僕を覚えているかな」

ルーイは戸惑って立ち止まった。

誰だろう。

正直言って、こういう上流階級のサロンにいる男性は皆同じような服装をしていて、見分けがつきにくい。

レイモンド夫人のサロンかどこかで会ったのだろうか？　それにしては意味ありげな言

葉と視線だ。

ルーイが無言でいると、男は身をかがめ、ルーイに顔を近づけた。

「化けたもんだな。貧民街で客を取っていた少年娼婦とは思えない」

ルーイはぎょっとして飛びすさった。

全身から血の気が引くように感じながらも、男の顔を見つめる。

——そうだ。

思い出した。

あの、「特別な」仕事……いやな仕事。

変態趣味の男たちに触らせる、触らせられる、吐き気のしそうな仕事。

ドクターの家での穏やかな日々の中、忘れそうになっていた。

だが、今目の前の男を見てはっきりと思い出す。

この男は触るだけでは飽き足らず、ルーイの臀に入れようとしてきた最低の客だ。

ルーイは男を蹴飛ばし、逃げてきたのだ。

服装から、上流階級の隅っこくらいにはいるのだろうと思っていたが……まさかこんなところで出会うとは。

「思い出したらしいな」

顔色が変わったルーイを見て、男は面白そうに言った。

「まったく、見違えたよ。誰か客をたらし込んでこんなところまで潜り込んだのかと思ったんだが、お前、ハクスリーのところにいるんだって？」

にやにや笑いが深くなる。

「ハクスリーとは学生時代の友人でね。あいつは潔癖症で娼婦を買うのも軽蔑するし、学生寮で、男同士でじゃれつくのも大嫌いだった。そんなハクスリーがお前の客になったとは考えにくいな。ってことはもしかして、ハクスリーはお前の本業を知らないのか？」

ルーイはぎょっとした。

本業などと言われたくない、あの、切羽詰まったときにいやいややっていた仕事を。

だがその言葉以上に、ドクターに関する言葉がルーイを凍りつかせた。

この男が、ドクターの友人。

そして……そしてドクターは、娼婦を買うとか男同士でどうこうすることが、大嫌いだと、言うのか。

確かにドクターは、遊びの気配などまるでない、真面目な紳士だ。

そんなドクターが……もし……もし……

「あいつが知ったら、どう思うだろうな」

男の言葉がぐさりとルーイの胸に突き刺さった。

ルーイがあんな仕事をしていたと知ったら、ドクターはルーイを軽蔑するだろう。

そんな汚らわしい人間に、子守歌を歌わせるのもいやになるかもしれない。

そんな……そんなことになったら。

「あいつがどういうつもりでお前の保護者役なんかやっているのかわからないが、確かにあの堅物にお前の本性を見抜くのは難しいだろうよ。わかってるか？　お前は、男を誘うんだ」

「そんな……そんな、ことっ」

あくまでもいやいやだった。客だって口入れ屋が探してくるだけで、、自分から誘ったことなど一度もない。

だが男は、ルーイを壁際に追い詰めるようにして、指先でルーイの金髪を弄《いじ》る。

「この髪と、その目。いやそうに僕を睨みつけてくるくせに、それが大いにそそる。つまりお前は、無意識に男を誘うように生まれついているんだよ」

無意識に誘う。

そう、生まれついている。

違う、と叫びたいのだが、ルーイにはそれができない。

路上で暮らす少年たちの中から、どうして口入れ屋はわざわざルーイを選んでそんな仕事を持ってきたのだろう？

どうして客は、ルーイの身体を眺めて喜ぶのだろう？

触っているうちにそれだけで飽き足らず、入れてこようとまでするこの男のような客は、そもそもどうしてルーイにそんな欲望を覚えるのだろう？

——もし、自分がそういうふうに生まれついているのだとしたら、それは全部自分のせい、自分が招いたこと、なのか。

そして、自分がそんな人間であることを、ドクターが知ったら。

「あいつに知られたくないんだろう？」

男は意味ありげに言い、ルーイには、それが何か厄介な取引を持ちかける言葉だということがわかった。

「どう……どうすれば……」

「明日の夜、ホワイトチャペルの裏通りのケプラーホテル、覚えてるだろ？　二一二号室だ」

男はそう言って、ルーイから身を離した。

それは、この男がルーイを買ったホテルだ。治安の悪い場所にある安宿だが、部屋番号もこの間と同じということは、この男が悪い遊びのために確保してあるのかもしれない。

「もちろんハクスリーには内緒だ。いいな？」

念押しするように男が言って、ルーイは反射的に頷いた。

「楽しみだよ」

男はそう言って片手を振り、階段を上がっていく。

ルーイは、足ががくがくと震えていることに気づいた。

どうしよう……いや、どうしようもない。

ドクターに知られたくなければ、行かなくては。

行ったら、何をされるのだろう……いや、考えなくてもわかる、考えたくもない。

それでも、ドクターに知られてしまうよりはましだ、一時の辛抱だと、ルーイは無理矢理自分に言い聞かせた。


「ルーイ、顔色が悪いね」

その夜、ドクターの寝室に歌いに行くと、ドクターが眉を寄せてルーイの顔を見た。

「疲れているのか？　サロンで歌う話も、全部受ける必要はないいんだよ。どれ、熱は――」

ドクターの手が伸びてきて額に触れようとした瞬間、ぎくりとしてルーイは思わず後ずさった。

「ルーイ？」

訝《いぶか》しげにドクターが眉を寄せる。

「どうした？」

どうしたのだろう。

いや……わかっている。ルーイは、自分が汚れていることを思い出してしまった。

そして、ドクターが自分に触れたら、その汚れを悟られてしまうような気がしたのだ。

「いえ……あの、すみません、熱とかじゃ……あの、確かにちょっと、疲れたのかも」

なんとか取り繕うと、ドクターは気遣わしげにルーイを見つめた。

「……そうか。では、今夜は早く休みなさい。子守歌は、いいから」

「そんな、だめです！　歌います！」

慌ててルーイは言ったが、ドクターは微笑んで首を振った。

「きみにもたまには休みが必要だ。私も、きみのおかげでよく眠れるようになっていることだし、もしかしたらそろそろ、眠りに入る癖がついているかもしれないからね。さ、お休み」

ドクターがルーイのためを思って言ってくれている言葉だとは思ったが、その言葉はかえってルーイの胸に重く沈んだ。

……もしかしたらドクターもいずれ、ルーイの歌なしで眠れるようになるかもしれない。

そうしたら自分は、お役御免になるのだろうか。

「すみません……ではお休みなさい」

「うん、お休み」

ドクターの寝室を出て階段を上がりながら、ルーイは、明日の夜どうやって出かければいいのかと、途方に暮れていた。


結局は、口実など考えつくわけがない。

それでもルーイは不器用に、夕方「ドクターの朝食用の卵を切らしてしまいました」とバリー夫人に告げて、外に出た。

バリー夫人はちょっと不審げだったが、ドクターの朝食は大事にしたいからだろう、黙って送り出してくれた。

サミィがついてきたいそぶりを見せたが「急がないといけないからね」と言い聞かせると、頷いてくれた。

二人に嘘をついたことになるわけで、胸が痛い。

だが……どうしようもない。ドクターに、自分がやっていた仕事を知られないようにするためには。

いやなことは、なんとかさっさと終わらせて帰ってこよう。

帰りが遅くなったら「卵を売っているところがなくて、探していたら迷ってしまった」と言い訳しようと、そこまで考えてある。

とにかく今夜一度だけ、男の言うとおりにしよう。

そして、絶対にドクターに言わないと約束させて、帰ってくる。

一度だけ、ほんの少し間、我慢すればいいことだ。

そうは思ってもなかなか決心はつかず、男に指定されたホテルがある界隈へ行き、迷いながらホテルの前を数度素通りした。

だが日も落ちたし、いつまでもこうしているわけにはいかない。

ルーイはとうとう部屋の前まで行き、ノックした。

すぐに扉が開いた。

「遅かったじゃないか」

あの男が、上着を脱いでネクタイを緩めた格好で迎える。

身体を引いてルーイを通すそぶりをしたので、ルーイはいやいや部屋に入った。

安ホテルの汚い部屋。

シーツだっていつ替えたのかわからない。

ベッドの上に放り出してある上着は上等の品で、この男はこんな場所でよく平気なものだと思う。

「しかし本当に見違えたぜ」

男がそう言って、ルーイの肩を抱き寄せ、顔を近寄せてきた。

「以前も、ごみ溜めの中に美形がいるもんだとは思ったが、ああいう場所で特別仕立てのフロックなんか着てると宮廷の小姓《こしょう》と見まがうようだったな」

頬に唇が触れそうになり、ルーイは身体をのけぞらせる。

いやだ。

肩を抱かれるのも、身体を近づけられるのも、気持ち悪くて、いやでたまらない。

しかし男は構わず、ルーイの身体を正面から抱き締め、股間を押しつけてくる。

「なあ、わかるだろう?」

男がすでに興奮しつつあることがわかって、ルーイはぞっとした。

「待って……待ってください」

なんとか男の胸に手を突っ張って身体を離す。

「その前に……今夜、言うとおりにすれば、ドクターに絶対言わないって、ちゃんと約束を……」

「約束?」

男はにやにやと笑う。

「なんでそんなことを?　俺はただ、ハクスリーに知られたくなかったら来い、と言っただけだ。で、お前は来た。それだけだろ?　なんでお前ごときを相手に、約束なんてしなくちゃいけない?　それにまさか、これ一回で終わるとでも思っているのか?」

「そんな!」

ルーイは無意識に、自分が「これ一度きりのことで、約束してもらえる」と思い込んで

……思い込もうとしていたことに気づいた。

男はそんなことは一言も言っていない。

でも、だとしたら、今後どれだけこの男の言いなりにならなくてはいけないのか。

ドクターに嘘をつき、その嘘を積み重ね続けなければならないのか。

ルーイが蒼《あお》くなって唇を震わせていると、

「いい加減観念しろよ！」

男が突然ルーイを怒鳴りつけ、ベッドに向かってルーイの胸を強く押した。

「あっ」

ベッドの上に仰向《あおむ》けに倒れたルーイの腹の上に男が座り、ルーイの上着とシャツの前を

乱暴に開き、ボタンが飛び散る。

「や……やめろっ」

もがいたが、腹の上に男の体重が乗っていては、逃げることなどできない。

「おとなしくしろ！」

男はそう言って、ルーイの乳首をいきなり強く抓《つね》った。

「あっ」

あまりの痛みに、一瞬頭の中が真っ白になる。

男の手がズボンのベルトを引き抜き、前のボタンを開けて下着を引き下ろそうとし、ルーイは無我夢中で手を振り回した。

「やめろっ、離せ！　やめろ！」

ぱん、という音とともに頬が痛みが走り、目の前に火花が散った。

殴られたのだ、と気づいたときには、ルーイの両手首が頭の上でまとめられ、男に押さえつけられる。

「いい加減にしろ。ハクスリーのところに傷だらけで戻って、なんと言い訳するつもりなんだ？」

男が、低く脅すように言って、ルーイははっとした。

すでに……ひどい格好にされてしまっている。傷の言い訳などなんとでもなるかもしれないが、お仕着せ代わりにドクターが買ってくれた服をこんなにして、ドクターになんと言い訳すればいいのだろう。

言葉を失ったルーイを見て、男は面白そうににやりと笑った。

「なるほど……お前は本当に、ご主人さまのハクスリーに知られたくないんだな。それは奴隷根性なのか？　それともひょっとして、あいつに恋心でも抱いているのか？」

そう言ってから、ふと気づいたように目を光らせる。

「それともおい、まさかハクスリーのやつ、あんな潔癖なふりをして、お前を夜な夜な抱いてるんじゃないだろうな」

「ち、ちが――っ」

ドクターのことをそんなふうに言うのを聞きたくない。

ドクターは自分や、この男とは違う。

あの人はきれいな存在だ。

なんの下心もなしに、ルーイやサミィに親切にしてくれた人だ。

こんな男に、汚い言葉でドクターを語ってほしくない。

「ドクターは……ドクターは、違うっ」

自分のせいでドクターがこんなふうに言われるのかと思うと、口惜しくて涙が滲《にじ》む。

「へええ、じゃあお前が一方的にあいつに恋慕しているのか」

男はまだそんなことを言って、むき出しになったルーイの股間をいきなり握る。

「いいぜ、大好きなドクターに触られていると思えよ」

聞くに堪《た》えないことを言いながら、男は乱暴にルーイの性器を弄り回すが、そもそもルーイは客の男に触られて興奮したことなど一度もない。

気持ち悪いだけだ。

今だってそうだ、ただただ気持ちが悪い。

そして男が言葉でドクターを侮辱することが耐えがたい。

どうしてこんなことになってしまったのだろう。

「……ちぇ、面白みがないな」

男は重ねたルーイの手首を自分のタイでひとつに縛り、ルーイの身体を跨《また》いで座ったまま、ズボンの前を寛《くつろ》げた。

半ば猛《たけ》ったものを取り出すと、身体の位置をルーイの胸の上までずらす。

胸の上に座られて息が詰まりそうになっているルーイの顔の前に、男のものが突き出された。

「ほら、これを、大好きなドクターのあれだと思ってしゃぶってみろよ」

先端が、食いしばったルーイの唇に押し当てられた。

口でなんかしたことがないし、したくもないし、する気もない。

ルーイだけならまだしも、ドクターを侮辱し続ける男のものなど、いっそ食いちぎってしまいたい。

そう思っても……実際にはそんなことはできないと、ルーイは知っている。

上流階級の男を、ついこの間まで浮浪児でこんな仕事をしていたルーイが傷つけたら、ルーイのほうが警察に捕まり、罰されるだろう。

そして……ドクターに知られてしまう。

ドクターが自分を軽蔑し、子守歌はもう必要ないと言い、サミィと一緒に、また路上に戻る。

いや、ルーイは刑務所に入れられ、サミィはたった一人で路上に放り出される。

それは……それは、ダメだ。

ルーイはぎゅっと目を瞑《つぶ》り、わなわなと震える唇を、なんとか開いた。

生臭いものがねじ込まれそうになった、瞬間。

「ここだ！」

廊下で声がして、男がはっと振り向いた。

どこか、聞き覚えのある声だ。

「開けろ！　いいから開けろ！」

「鍵など待てない！　蹴るぞ！」

二つ目の声がして、ルーイがはっと目を開けた瞬間——

ダン！　と大きな音がして、部屋の扉が内側に開いた。

「な——」

慌ててルーイの上から降りようとした男の身体が、突然ベッドヘッドのほうに吹き飛んだ。

身体の上から男の重みが消え、ベッドの下に転がり落ちるように逃れたルーイの目に飛び込んできたのは——

男にのしかかり、襟首を摑んで殴りつけている、背の高い男の姿。

……ドクターだ！

どうして今ここにドクターが、という疑問と同時に……あの穏やかで優しいドクターが、男を殴りつけている姿に驚く。

「なんてことを！　なんてことを！　許さん！」

ズボンの前を開けたままの男は腰が抜けたようになってドクターに殴られるがままだが、もう一人の男がドクターを羽交い締めにして止めた。

「はい、そこまでそこまで。大学のボクシングチャンピオンにこれ以上やられたら、ひ弱な貴族のお坊ちゃんは死んじまうぜ」

ボルトン氏だ。

「くっそ」

振り上げた拳を宙で止めたドクターだが、怒りで顔を真っ赤にしている。

「……貴族のお坊ちゃんはお前も同じじゃないか、ハクスリー」

男が鼻血で赤く染まった顔を拭い、唾を吐き捨てて言った。

「所詮特権階級の人間のくせに、お前のその、きれい事で世の中を渡っていけるという理想論が大嫌いだ。お前が拾って情けをかけてやっているこの坊主だって、お前の大嫌いな、こういう汚い仕事で稼いでいたんだよ。俺とだって、何も今日がはじめてってわけじゃないんだ」

——知られてしまった。

ドクターに知られてしまった。

ルーイは全身が震え出すのを感じた。

ドクターが貴族の出らしいとか、男がまるでルーイの馴染み客のような言いぐさをしていることとか、断片的に耳には入っているが、とにかくドクターに、ドクターが大嫌いな汚い仕事をしていたと、知られてしまったのだ……！

そのとき、ドクターがルーイのほうに顔を向けた。

視線を合わせるのが怖くて俯いたルーイの前に、ベッドから降りたドクターが近寄り、膝をついた。

「……かわいそうに、なんという目に」

呻《うめ》くようにそう言って、手首を縛《いまし》めていたタイを解き、自分が着ていたコートを脱いでルーイの身体にかけると、そのままルーイを抱き寄せた。

「……だ、だめですっ」

ルーイは思わずドクターの胸に腕を突っ張り、震える声で言った。

「僕は……僕は、本当なんです、僕は汚い……」

自分の全身にべっとりとした汚れがついていて、ドクターの手が自分に触れたらその汚れが移ってしまうような気がする。

しかし、

「きみは汚くなんかない」

ドクターは強い口調で言って、ルーイの両肩を摑むと、真剣な瞳でルーイを見つめた。

「私だって、貧民街の子どもが、生きていくためにどういう仕事を選ばなくてはいけないかくらい知っている。だが本当に汚いのは、貧しさにつけ込んで、金で言うことをきかせる人間たちだ。ああいう――」

ボルトン氏に睨まれながらなんとかズボンの前を閉めている男を激しく指さす。

「自分のことを棚に上げて相手だけを汚いと言ってのける、金と身分があるというだけで自分を万能のように思い込んでいる、ああいう愚か者こそが、汚いんだ！」

ルーイは呆然としてドクターを見つめた。

ドクターは……ルーイを汚くないと言ってくれる。

そして、ロンドンの浮浪児であったルーイが、どういう仕事をしてきたのかも、見当がついていたと。

それなのに、あんなに親切にしてくれ、そして自分を家に入れてくれたのか。

見たこともない激しい怒りを、ルーイのためにあの男に向けてくれているのか。

じわりと視界が滲み、そして頰に涙がぽろぽろとこぼれ出す。

「……怖い思いをしたね」

ドクターが優しく、しかし力強くルーイを抱き締めてくれる。

広い胸。

ルーイの身体を心をすべて包み込んで受け入れてくれる温かさと力強さ。

「……おい、このストラトベリー子爵さまはどうするよ？」

ボルトン氏が尋ねるのが聞こえ、

「捨てておけ」

ドクターが短く答えると、

「立てるかい？」

優しく言ってルーイを立ち上がらせ、ルーイの目に男の姿が入らぬように大きなコートですっぽり身体を覆うようにして、部屋から連れ出した。

「まあ！　まあ！　無事で……いいえ、無事じゃないわね！」

バリー夫人がドクターとルーイを玄関で迎え、そのバリー夫人の背後から飛び出してきたサミィが、ルーイに抱きついた。

「心配していたのよ、サミィも」

「ごめんね……サミィ」

ルーイはかがんでサミィを抱き締めた。

ぎゅっと抱きついてくるサミィがいとおしい。

「大丈夫だよ、サミィ、心配かけてごめんね」

ルーイがそう言うと、サミィはほっとしたような笑みを浮かべた。

「さあ、サミィ、ちょっといい子にしていられるかな」

ドクターがサミィの頭をくしゃっと撫でる。

「バリー夫人、診察室の暖炉に火を熾してください。それと熱いお茶を。その後、サミィを頼めますか」

ドクターがそう言うと、

「すべて用意してございますよ、必要なこともあるかと思いまして」

バリー夫人が答え、ドクターはそのままルーイを、診察室に連れていく。

引きちぎられた衣服はボタンがほとんど飛んでひどいことになっているし、殴られた頬が今になってじんじんと痛み出している。

「ちょっと触るよ」

向かい合った一人がけのソファに座ると、ドクターが手を伸ばしてルーイの頬に触れた。

ずきっとした痛みが走る。

「口を開けて」

言われたとおりに口を開けると、

「中も切れているが、大きな傷じゃない。とりあえず外側を冷やして様子を見よう。他には？　どこか殴られたり傷つけられたりした場所は？」

ドクターが、穏やかではあるが事務的に淡々と尋いてくれたので、ルーイも戸惑うことなく、首を振る。

「押さえつけられたりしましたけど……他は大丈夫です」

「そうか、よかった」

そこへバリー夫人がルーイの着替えとお茶を持ってきてくれた。

「ありがとう」

ドクターがさりげなくお茶のテーブルのほうを向いてルーイに背を向けてくれ、バリー夫人も出ていったので、ルーイはボタンの取れたシャツを脱ぎ、新しいものに着替えた。

「さて、では少し腹に温かいものを入れよう」

ドクターがそう言って一人がけのソファを斜めに向かい合うように暖炉の方に向け、ルーイが座ると、お茶のカップを差し出してくれた。

甘いミルクティーだ。

ひとくち飲むと、バリー夫人の優しさが胃に沁《し》みとおっていくような気がする。

「……さて、きみもいろいろ尋きたいだろうね」

ドクターが静かに言った。

確かに、知りたいことはいろいろあるが、何よりもまず……

「……どうして、あそこに？」

どうしてドクターとボルトン氏があの部屋に現れたのかが知りたい。

「昨夜の夜会の後、あの男がきみと話しているのを見て、不穏に感じた人間がいてね。私の……パブリックスクール時代の後輩なんだが、私と同じように彼を嫌っていて、彼のよくない癖を知っているので、ちょっと注意したほうがいいと教えてくれたんだよ」

誰も見ていないと思ったのに、そういう人がいたのか。

社交界というのは、ルーイには想像もつかない生活をしている人が大勢ひしめいているように感じていたのだが、そんなに狭い世界なのだろうか。

しかしすぐにドクターが、そんな疑問に種明かしをしてくれる。

「まあ……実のところ、私がついていけないときは、さりげなく目を配ってくれるよう、学生時代の人脈でちょっと頼んではあったんだが」

そんなふうに気配りをしてくれていたのだ、とルーイは驚く。

「知りませんでした……ありがとうございます」

「いや、きみをああいう場所に送り出したのは私の責任だからね。人前で歌うことできみに自信がつけばと思ったんだが、危険もあることは承知していた。まさかあのストラトベリーに目をつけられるというのは意外だったが」

名前を言うのも不愉快だ、というようにドクターは眉を寄せる。

「だが、やつの悪評が有名だからこそ、昨夜きみの様子がおかしかったことや、夕方になって落ち着かない様子で出かけたとバリー夫人から聞いたことが繋がった。そしてボルトンのおかげで、やつが悪事のために使っている、あのホテルの部屋を探し当てることもできた。ボルトンは警察に人脈があるんでね」

そして、ドクターはお茶のカップに口をつけ、ため息をついて暖炉の火を見つめる。

「ああいう連中のいる世界と縁を切りたいと思いつつ、そうもいかない厄介なしがらみはいろいろあってね。きみを巻き込んで申し訳ないと思っているよ」

「そんな……そんなこと！」

ルーイは驚いて首を振った。

ドクターの友人のボルトン氏がルーイの歌を聴いてレイモンド夫人のサロンに紹介してくれ、その結果昨夜の貴婦人の夜会で歌うことになった。

あの男と不愉快な出会いはしてしまったが、それでも、ドクターの人脈のおかげで、人前で歌うという思いがけない経験をし、拍手を貰い、収入を得ることができたのは、夢のような経験だった。

自分の声で、あんな金額を手にすることができたのは本当に嬉しかった。

「でも……あの」

ルーイは、あの男の言葉を思い出した。

ドクターと、ああいう上流社会との繋がり。

「ドクターは……貴族なんですか？」

貴族というのは……昨夜行ったような豪華な屋敷に住んでいて、大勢の使用人に囲まれていて、一年じゅう着飾っておいしいものを食べていて、働かなくても生きていける人たち……ルーイは漠然とそう思っている。

そして、それこそロンドンの浮浪児になど、話しかけようともしないどころか、存在すら見えていないかもしれない人たち。

だがドクターは全然違う。医者という仕事もしているし、ごくごく普通の生活をしていて、自分の生活は多少不自由しても気にしていない。

ドクターはちらりと頬に苦笑を浮かべた。

「まあ……そうだ。私の家は、貴族でね。伯爵家だ」

やはりそうなのか、と思わず目を見開いたルーイを見ながら、ドクターは言葉を続ける。

「とはいえ、私は三男坊だ。爵位も財産も兄が継いでいるから、私自身は貴族ではないんだよ。次男以下は、自分で生活の術《すべ》を見つけなくてはいけないからね。軍人になったり、弁護士になったり、私のような医者になったり」

そう言ってから、わずかに眉を寄せる。

「だが……そういう職業に就けるだけの教育を受けられるという意味で、きみたちのような暮らしをしている人々から見れば、信じられないほど恵まれているのだろう」

まるでそれを恥じるかのように言って、また暖炉の火を見つめる。

ルーイは、これまで知らなかったドクター自身のことを知りたい、と思った。

そして今なら、ドクターもそれを話してくれる気持ちになっているらしいことが嬉しい。

「でも……ドクターはその中から、お医者さまになることを選んだんですよね……？　それも、貧しい人間も診てくれるようなお医者さまに」

ドクターは頷く。

「私の家族も親族も、自分たちの生まれ育った世界の外は見ようとはしていない。私はそれがいつも疑問だった。そして、子どもの頃……領地で流行《はや》り病があってね」

声が低くなる。

「家族も使用人も罹患《りかん》したのだが……家族のためには、ロンドンから何人も医者を呼び、看護師もつき、手厚い看護で助かった。だが使用人は田舎の怪しげな医者にしか診せず、薬代も惜しんだ結果、何人も亡くなってね。私が友人のように感じていた、庭師の息子もだ。私はそれが間違っていると思えて仕方なかった」

子どもの頃のその出来事が、未《いま》だにドクターの中で痛みとして生き続けているのだと、ルーイは感じた。

「それで……お医者さまに……？」

ドクターは頷く。

「金のあるなしで生死が別れるような世の中を少しでもよくしたいと思ってね。私にできることはわずかだが」

そういえばルーイは、ドクターの仕事のことは詳しく知らない。

ただ口入れ屋もドクターの名前を知っていたし、ドクター自身、持てるところから取って持たざるところからは取らないというのを信条にしていると言っていた。

「ドクターの……患者さんは、お金持ちの人と……貧乏な人と、どっちが多いんですか？」

「数で言えば、それは貧しい人たちだよ」

ドクターは答えた。

「上流階級の紳士淑女、特に令嬢たちの病は、たいていは心気症だ。病気のような気がして、自分で悪いところを探しては重病だと思い込んで医者を呼ぶ。私は適当に宥《なだ》め、転地療養だの、散歩だの、毒にも薬にもならないような栄養剤だのを勧めたり処方したりして、相当額の金を貰い……貧しい、本当に必要としている人たちの薬代に充《あ》てている」

淡々と言ってから、わずかに頬を歪《ゆが》める。

「まあ、一種の詐欺のようなものだし、それも焼け石に水だと感じているがね。自分がどれだけの人を本当に助けられているのかと、疑問に思う」

自嘲するような声音に、ルーイは首を振った。

「そんなことありません！　だってそれで、その……心気症の人たちだって気分がよくなるし、本当に薬が必要な人が助かっているんでしょう？　だったら、ドクターのしていることは素晴らしいことだと思います」

ドクターは驚いたようにルーイを見つめた。

「そう……思うかい？　きみはそう思ってくれる？」

「もちろんです！」

ルーイは頷いた。

「僕だって……僕とサミィだって、ドクターに助けられました。僕とサミィの命。以前のような生活をしていたら……いつまであんな生活で、サミィを養っていけたか」

この冬のはじめまで、自分はドクターの存在も知らず、路上にいたのだ。

それでも、自分がこんなふうにドクターによくしてもらう権利があるのだろうか、とも思えてしまう。

もっと他に、ドクターのような人の助けを必要としている人が、たくさんいるのに。

「……僕だって……本当は……あんな、あんな仕事じゃなくて、もっとちゃんとした仕事に就いていたらって……思いますけど……」

ふいに、あのストラトベリーとかいう男の、猛った生臭いものを口に押しつけられた感触が蘇《よみがえ》り、思わず悪寒にぶるりと身を震わせると……

ドクターの手が伸びてきてルーイの手の上に置かれた。

温かな、大きな手が、優しくぽんぽんと数度、ルーイの手の甲を叩く。

ルーイの身体から、すうっと悪寒が抜けていった。

同じ、大人の男の手なのに。

ルーイはずっと、大人の男に触れられるのが怖かったのに、ドクターの手だけは、怖くないどころか、なんだか嬉しくて、胸のあたりがじんわりと熱くなる。

「ルーイ、きみが自分を責める必要などまるでないんだ」

ドクターは穏やかに言った。

「たとえばきみが工場に勤めに出ていたら、サミィはどうなった？　それに、きみのような若い人を働かせる工場には劣悪なところがたくさんあって、事故や病気が寿命を縮めるんだよ。どっちがましだったかなど、誰にもわからない」

ドクターはそういう患者も診てきたのだろう、口惜しげに眉を寄せる。

「きみが選んだ仕事は、選ばざるを得なかったものだ。それでサミィを養ってきたのだから、恥じることなどないんだ」

「でも……」

ルーイは唇を震わせた。

「ドクターは……ああいうことを……嫌い、なんですよね……？　男同士で……」

男同士で「じゃれつく」ことを、学生時代にも嫌っていたと、あのストラトベリーは言っていた。

娼婦ならまだしも……男のルーイが、男に身体を売る。

入れさせることは拒んだといっても、それはルーイの中での線引きであって、傍《はた》から見れば同じことだ。

そう思ったらふいに、ルーイはやはり自分が汚くて、ドクターに触ってはいけないような気持ちになり、ドクターの手の下にある自分の手を、慌てて引き抜こうとした。

しかしその手は、ドクターの手にしっかりと握られた。

「違う、そうじゃない」

ドクターが正面からルーイを見つめる。

「男同士でどうこう……というのは、もちろん今の女王陛下がお嫌いだから、おおっぴらにはしづらいところだが、実際にはいくらでもあることだ。そして、同性にそういう気持ちを抱くことじたいは、その人にとって自然ならそれでいいのだと思う。私が憎み、軽蔑するのは……そういう嗜好《しこう》を持った人間が、金や権力で相手にそれを強いることだ」

次第に声音が強くなる。

「学校の寮でも、上級生が権威を笠に着て、下級生に関係を強いることを私は憎んだ。そしてきみの場合も、パンを買う金を必要としている人間に、はした金であいうことを強いる人間を私は憎むんだ。強いられた人間を憎んだり軽蔑したりすることなんて、ない」

強いられた……強いられたのだろうか……?

ルーイは、口入れ屋が持ってきたあいう仕事を断らない時点で、自分が選んだのだと思っていた。

でも、サミィに肉を食べさせるために、サミィに靴を買ってやるために、他に方法がなかったのは確かで……だとしたら……だとしたら……

「僕は……僕のことは……ドクターは軽蔑しない……?」

思わず洩《も》れた言葉に、

「当たり前だ!」

ドクターは強くそう言って、ルーイの両肩に手を置いた。

「きみは強い。きみのような容姿を持っていれば、当然そういう誘惑も多いだろう。そんな中でちやほやされることに慣れて正しい心を見失い、物質的に豊かになっても、心が堕落していく者もいる。だがきみは、そうじゃない。誰が、軽蔑などするものか!」

強い。

軽蔑などしない。

その言葉が……ルーイの胸にゆっくりと沁みとおっていき……

そして次の瞬間、思いがけないことに、ルーイの目に熱いものが溢れ、頬に流れた。

「ル……ルーイ?」

ドクターが驚いたようにルーイの顔を覗き込む。

「どうした？　私は何か、悪いことを言ったか？　何か、ええと」

「ちが……違います……っ」

ルーイは慌てて首を振ったが、どうして涙が出てきたのか自分でもよくわからない。

嬉しい……嬉しいというよりは、ほっとして気が緩んだ、という感じなのだろうか。

「僕、ドクターみたいな人にそんなふうに言ってもらって……なんだか、よくしていただくばっかりで……」

「私だって、たいした人間じゃないんだよ」

ドクターは微笑み、指先でそっとルーイの頬に伝う涙を拭ってくれた。

「それに、してもらうばかりときみは言うが、きみの歌で、私がどれだけ助かっているか、どうやったらわかってもらえるかな」

ルーイの目をじっと見つめるドクターの瞳が優しく、どこか甘いようにさえ思えて、ルーイは目がそらせなくなる。

「きみの歌……特に、あの、どこで覚えたのかわからないと言っているあの川下りの歌が、どういうわけか私の心を本当に安らがせてくれるんだ」

そう言ってドクターは一瞬視線を伏せる。

「そもそも、あの流行り病からなんだよ、眠れなくなったのは。昨日まで笑っていた相手が今日はもうこの世にいないこととか、自分もいつか死んでしまうことへの恐怖とか、そんなことから寝つけなくなって……少し年がいっても、今度は自分の無力さとか、理不尽な世の中への怒りとか、そんなもので寝つけなくなって」

低く言ってから、またルーイを見つめる。

「それなのにきみの歌を聞くと、そんなことを思い悩んでも仕方がない、今は安心して眠って、明日になったらまたできることをしようと、そんなふうに思えてくるんだよ」

そう言ってから、どこか照れくさげにつけ加える。

「どうやら私はきみに甘えているんだな」

甘えている、この人が自分に……？

落ち着いて優しい穏やかな、大人の男の人。

ただそう思っていたドクターが……ふいに、迷いも弱さもある一人の人間なのだとルーイは感じた。

改めてドクターを見ると、三十前後という年齢は老成などしていない、まだ迷いの中にある青年なのだと気づく。

ただただ自分を庇護してくれる大人だと思っていた人に、ほんのわずかな、些細《ささい》なことでも役立っているのだと思うと、嬉しくなる。

「歌でしたら、いつでも……今夜だって」

しかしドクターは首を振る。

「いや、歌うためにちゃんと口を開けると、中の切れたところが痛むはずだよ。こうやって喋っているのだって、本当はよくないんだ」

「でも……昨夜も」

昨夜はあの男の呼び出しに悩んでいたルーイをドクターが気遣ってくれ、歌わなかったのだ。

「昨夜は確かに、久々になかなか寝つけなかったがね。あれで改めて、どれだけ私がきみの歌を必要としているのか思い知った」

ドクターが情けなさそうに眉尻を下げる。

「じゃあ……ちょっとだけ、ハミングで……歌いたいんです、歌わせてください」

「それはなかなかの誘惑だな」

ドクターは苦笑する。

「じゃあ、今ここで、ほんの少し。痛まない程度にね。それを耳の中にそうっと溜《た》めておいて、こぼさないように寝室に持っていくことにするよ」

そう言ってドクターは自分の椅子の背に寄りかかり、腕を組んで目を閉じる。

ルーイは低くハミングで歌い始めた。

ハミングのときは鼻のあたりに声を当てて優しく震わせる……そんな歌い方を、いつどうやって覚えたのか自分でもわからない。

ルーイの歌はすべて自己流だ。

そして、声変わりをしてもう、人に聴かせられるような歌は歌えないと思っていたのに、ドクターがそうではないと教えてくれた。

大勢の人の前で歌い、お金を貰うこともできると知った。

だからといって、自分が職業歌手になれるなどとは思っていない。ちゃんとした訓練も受けていないし、サロンでは、珍しがられているうちが花だ。

そしてルーイ自身も、ドクターのためにこそ歌いたい。

この人が、眠りにつけるように。

難しい悩みは忘れて、夢の世界で安らげるように。

低く、優しく。

そんな思いで、暖炉の火を見ながら歌い続けて……ふと、傍らのドクターを見ると。

ドクターは目を閉じ、すやすやと寝息をたてていた。

ここで眠るつもりではなかったはずなのに……どうしよう。

しかし、せっかく眠ったのに起こすのも気の毒だ。

ルーイは、膝掛け毛布をそっとドクターの身体にかけ、ドクターの寝顔を見つめた。

ふいに、何か切ないような気持ちが、胸の中に溢れてくる。

この人の側《そば》にいたい。

いつまでもずっとこの人の側にいて、毎夜こうして、眠りについた無防備で穏やかな顔を見ていたい。

じっとドクターの寝顔を見つめていると、頬から顎にかけて、うっすらと髭が生えているのがわかる。

毎朝きれいに剃《そ》ってしまうこの髭は、夜、ルーイだけが見ているもののはずだ。

ふと、その髭はどんな感触なのだろう、と思った。

固いのかやわらかいのか。髪と同じ濃い茶色だが、髪には少しうねりがあって、しょっちゅう寝癖もついている。髭も、伸ばしたら渦を巻く癖毛なのだろうか。

無意識に、ルーイはそっと手を伸ばしてドクターの頬に触れかけ——

はっとして、自分の手を引っ込めた。

触ったりしたら起こしてしまう、という以前に……ドクターに触れたいと思う自分の衝動に、驚いたのだ。

これまでずっと、大人の男の人に触れられるのは苦手だった。

それなのにドクターに触れられるのは怖くもないしいやでもない……それだけではなく、自分からも触れてみたいと思う。この気持ちはなんなのだろう。

ルーイの胸の奥底に、何か得体の知れない疼《うず》きのようなものが生まれ……落ち着かない気持ちになる。

そのとき、ドクターがかすかに身じろぎして「ん……」と声を出した。

ルーイは慌てて後ずさりし、ドクターを起こさないように、忍び足で部屋を出た。

翌朝、ルーイがいつものように起きて、バリー夫人と手分けして家じゅうの暖炉とキッチンのレンジを掃除し、ドクターの朝食を用意して居間に運ぶと、いつものように身支度を終えたドクターが居間に入ってきた。

「おはようございます、ドクター」

「おはよう、ルーイ」

いつものように挨拶を交わしながら、ルーイにはどうしてか、ドクターの顔がいつもよりもまぶしく見える。

「昨夜はあのまま寝てしまったんだね。本当に、我が家のナイチンゲールは素晴らしいな」

ドクターは笑いながらそう言って、ルーイに近寄る。

「ちゃんと冷やして寝たかい？　腫れはだいぶ引いたようだね」

そう言って手を伸ばし、ルーイの頰に軽く触れる。

その、ドクターの手の感触を意識した途端、ルーイはふいに、顔がかっと熱くなるのを感じた。

胸も、ばくんと跳ねた後、どういうわけか鼓動が速くなる。

いったいこれはなんだろう。自分はどうしたというのだろう。

「……まだ少し、熱を持っているのかな？」

ドクターはルーイの動揺には気づかず軽く首を傾げた。

「今日も、なるべく冷やしておくようにね。サロンなどで歌うのは当分断って、家の中のことだっていい加減でいいんだから、ゆっくり休みなさい」

「あ……ありがとうございます」

ドクターの言葉は嬉しいが、ドクターの生活を居心地よくするための仕事で、手を抜くことなんてしたくないとルーイは思う。

ティーポットからカップにお茶を注ぐと、ずっとルーイについて回ってすっかり仕事を覚えサミィが、ドクターにミルクを差し出す。

「ありがとう」

ドクターがそう言ってサミィに微笑み、サミィもすっかり健康そうにふっくらした頬を嬉しそうに染める。

幸せだ、とルーイは思った。


数日後の昼間。

「……あなたの言っていることはわかるが……」

屋根裏でサミィを昼寝させ、ドクターの書斎の前を通って一階に降りようとしていたルーイは、思わず足を止めた。

ドクターの声だ。

お客は来ていない……としたら、相手はバリー夫人だ。

バリー夫人とドクターがこんな時間に書斎で話をしているのは珍しいし、ドクターの声は困惑したようで、そして深刻に聞こえる。

何か大事な話があるのだろうか、立ち聞きなどしてはいけないと、ルーイが踵《きびす》を返しかけたとき……

「とにかく、このままではいけません。あの子たちをいったいどうするおつもりなのですか」

バリー夫人のそんな言葉が耳に入り、ルーイははっとした。

「もちろん、このままでいいとは思っていないよ」

ドクターが答える。

「でしたら、少し真剣にお考えになりませんと」

だめだ、立ち聞きしてはだめだ、と思いながらもルーイの足は動かない。

あの子たち、というのは――ルーイとサミィのことに決まっている。

「料理人と雑役婦は、とにかくお決めになりませんと。私にお任せくだされば、応募者の面接はいつでもできますのに」

「……まあ、それはそうなんだが……確かに、いつまでもルーイにキッチンを任せるわけにもいかないし」

「世間体もございますしね。旦那さまのようなお立場の方が、いつまでもちゃんとした使用人も揃わない生活をなさっていては、きちんとした暮らしをなさっている患者さんが遠ざかってしまいます」

バリー夫人の言葉は手厳しい。

確かに、料理人と雑役婦はバリー夫人が戻ったら考えると言っていたのだが、なかなか具体的な話には進まず、ルーイも自分が仕事をすれば今の状態でじゅうぶん家の中は回ると思い、気にしていなかったのだ。

バリー夫人は言葉を続ける。

「だいたい、今のままではご結婚もおできになりませんでしょう」

結婚、という言葉にルーイはぎくりとした。

「結婚の話は……まあ、ともかく、彼らだって本当にいい子たちなんだし」

「それは存じております。私だって、ルーイもサミィも本当にいい子だと思いますし、人手の足りないこの家で、よく働いてくれていると思います。でもだからこそ、あの子たちのためにも、ずっとこのままというわけには参りませんよ」

「わかっている」

ドクターがため息をつき、ルーイはようやく、動かない足を叱りつけて、なんとか書斎の扉から遠ざかった。

階段を降りる足が震えているのがわかる。

……ずっとこのままではいられない。

それは、いつまでも自分たちをこの家に置いてはおけない、ということだ。

ルーイが、いつまでもずっとこのままでいたいと思った矢先に、冷水を浴びせられた気分だ。

そうだ……ドクターのような、貴族の出身で上流階級に患者を抱えているような人が、今のような生活をしているのは、おかしなことなのだ。

家政婦はいるが、あとは、路上から拾ってきた素性もわからない男の子に、料理人と雑役婦のようなことをさせている。なんの役にも立たない幼い子どもまでいる。

確かに、未婚の令嬢を抱えた貴婦人などは、敬遠してしまうかもしれない。

お金持ちの患者がいなければ、今のように貧乏人を安く診ることだってできなくなる。

ドクターに必要なのは、ちゃんと使用人が揃って家政が回っている家であり、そして……結婚相手なのだ。

自分とサミィがいる家に、奥さまとしてやってくる女性などいないだろう。

バリー夫人も、自分たちに好感は持ってくれているが、それでも「今の状態はよくない、いつまでも続けられない」と常識的に言っているのだ。

その言葉は間違っていない。

ずっと……ずっとここにいられるような気がしていたのは錯覚だった。

いや、当然だ。

ドクターもバリー夫人も、自分たちの親でもなんでもないのだから。

いつかはここを出ていかなくてはいけないときが来る。

だが、せめてもう少し……たとえばドクターに具体的な結婚の話が出てくるまで、ここで働かせてもらって、貯金をして、ここを出ても以前よりはまともな暮らしができるように考える。

ルーイは自分自身に、必死にそう言い聞かせた。

呼び鈴が鳴った。

ちょうど玄関ホールにある小テーブルでサミィに絵本を見せていたルーイは、すぐに飛んでいった。

扉を開けると、そこには一人の女性が立っていた。

二十代半ばくらいだろうか、赤みがかった金髪の、快活な目をした美しい女性で、服装を見れば上流階級の女性とわかる。

ドクターの患者だろうか。

一瞬、互いに「誰だろう」という顔で見つめ合ってしまったが、

「……ここは、ドクター・ハクスリーのお宅よね？」

悪戯っぽい口調で女性が尋ねたので、ルーイは慌てて頷いた。

「はい、お約束でしたでしょうか」

「約束というわけでもないんだけど、近くまで来たので……バリー夫人は……？」

そのとき、ルーイの背後からバリー夫人の声がした。

「まあ、ブレイルズフォードのお嬢さま、大陸からお戻りでございましたか」

バリー夫人が見知っている令嬢なのだとわかってルーイが一歩下がると、令嬢はバリー夫人に嬉しそうに笑いかけた。

「ええ、もうフランス人半分、イタリア人半分になってしまった気分よ。ロジャーは診察に出ているのかしら」

「いえいえ、今日はご在宅でございますよ」

「じゃあ、馬車を返して、お邪魔してもいいかしら」

ルーイが思わず玄関の外を見ると、紋章つきの馬車が通りに止まっていて、お仕着せを着た御者がこちらの様子を見ている。

「ルーイ、あの御者にね、一時間後にお嬢さまを迎えに来るよう伝えてちょうだい」

バリー夫人に言われたので、慌ててルーイは玄関を出て階段を降りた。

御者に伝言して戻ってくると、令嬢はホールで毛皮のマフを取り、コートを脱いでいた。ルーイが受け取ってコート掛けにかけていると、令嬢は玄関ホールの隅で、絵本を抱き締めているサミィに目を留めた。

来客だとわかり、邪魔にならないところに隠れようとして間に合わなかったのだ。

「まあ、この家に小さな子がいるというのを聞いてはいたけれど、不思議な光景ね」

令嬢はルーイとサミィの存在を知っていたのだろうか、バリー夫人にそう言ってから、サミィに近寄る。

「逃げなくていいのよ、まあ、転がり落ちそうな目玉だこと」

優しくそう言って、サミィが抱き締めている絵本に目をやる。

「ご本が好き？　字は読めるの？」

サミィが戸惑ったようにルーイを見たので、ルーイは慌てて二人に近寄り、そしてバリー夫人も助け船を出してくれる。

「お嬢さま、その子はお話が苦手なんでございますよ」

「あら、恥ずかしがり屋さんなのね」

令嬢はバリー夫人の言葉をそう受け取り、手にしていた小さなバッグの中から、薄紙に包んだ小さなものを取り出してサミィに差し出した。

「ボンボンよ。どうぞ」

サミィがルーイを見、ルーイがバリー夫人を見ると、バリー夫人が微笑んで頷いたので、ルーイはサミィの手から絵本を取って言った。

「いただきなさい」

サミィがおずおずと両手を差し出すと、令嬢がその中にボンボンを三個置いてくれ、

「いい子ね」

そう言って身をかがめ、サミィの頬に軽く唇を当てる。

サミィは真っ赤になり、恥ずかしそうにルーイの陰に隠れた。

令嬢はかろやかな声をたてて笑い、バリー夫人のほうを振り向いた。

「それで？　ロジャーは？」

「はい、お呼びいたします。ルーイ、旦那さまに、ブレイルズフォードのお嬢さまがお見えだと。サミィ、キッチンに行っていてね」

バリー夫人に促され、ルーイは書斎に向かって階段を上がった。

「ドクター」

扉をノックして、

「ブレイルズフォードのお嬢さまがお見えです」

そう言うと、すぐに扉が開いてドクターが出てきた。

「そうか！　あの人の声だと思ったんだ。すぐに……ええとルーイ、私の格好は変じゃないかな？」

慌てたように寝癖のついた髪を撫でつけ、上着の裾を引っ張るドクターを見て、ルーイの胸がどういうわけか、ざわりとした。

あの令嬢は……ドクターとどういう関係の人なのだろう。

「ルーイ……？」

一瞬ぼんやりしてしまったルーイを、ドクターが訝しげに呼んだので、ルーイは慌ててドクターの服装を見渡した。

「大丈夫です、ちゃんとなさっています」

しみも皺もどこにもない。

寝癖も今日はそうひどくないほうだ。

「ありがとう」

ドクターはそう言って急ぎ足で階段を降りていったので、ルーイも後に続いた。

ドクターは居間に入ると、両手を広げて楽しそうに言った。

「ロズリン！　久しぶりですね！」

「まあ、ロジャー、相変わらずおかしなネクタイね！」

ロズリンと呼ばれた令嬢が笑いながら言って、互いに歩み寄ると、ロズリン嬢が差し出した手に、ドクターがうやうやしく唇をつける。

それぞれ椅子に落ち着くと、バリー夫人がルーイに近寄ってきて、小声で言った。

「階下へ……お茶の用意を」

言われなくても用意するべきだったのに、何をぼやぼやしているのか、とルーイは自分に戸惑った。

「はい」

慌てて、今度はキッチンへと階段を降りる。

サミィはキッチンの、レンジの前の温かい場所に座っていたが、ルーイの顔を見ると不思議そうな顔をした。

ルーイの具合が悪そうだったりするときに見せる顔だ。

自分は、そんな顔をしているのだろうか。

しゃんとしなくては、とルーイは自分の両頬を叩いた。

「……大丈夫だよ、もう少し一人でここにいられるね？」

サミィは頷いて、また絵本を開く。

サミィの絵本はもう五冊に増えていて、声には出さないものの文字も覚えて、ルーイが教えた単語などはちゃんとわかるようになっている。

お茶を淹れ、ルーイが焼いた焼き菓子を添えて居間に持っていくと、廊下にいたバリー夫人が扉を開けてくれた。

「ああ、ルーイ、ありがとう」

ドクターが立ち上がってトレイを受け取り、ロズリン嬢の前に置く。

そのロズリン嬢は、ルーイを改めて、まじまじと見つめた。

「それで、この子……いいえ、この若い男性が、噂のナイチンゲールさんなのね？」

「すっかりそんな名前で知られているんですね」

ドクターが苦笑した。

「金のナイチンゲールと言っている人もいるわ。この素敵な金髪のせいなのね。それにしても、芸術に興味のないあなたが、芸術家のパトロンになるとは思わなかったわ」

ロズリン嬢は心地よい笑い声をたて、ルーイに微笑みかける。

「近々、どこかのサロンで歌う予定はあるのかしら？」

ルーイは戸惑ってドクターを見た。

「ああ、ちょっと、しばらく休んでいてね」

ドクターが説明する。

「レイモンド夫人から声はかかっているので、そろそろまた……そうだね、ルーイ？」

「は、はい」

ルーイは頷いた。

「そうなの！　では決まったら教えてちょうだいな。あなたの歌を聴くのを楽しみにしているわ」

にこにこしてロズリン嬢が言ったので、ルーイは「はい」と頭を下げた。

「……ではルーイ、ありがとう」

ドクターの言葉に、下がっていいと言われているのだとわかる。

普段はルーイを使用人のようには扱わないドクターだが、この令嬢の前では階級の壁をきちんと守ってみせている……そういう気がする。

ルーイが居間を出てキッチンに降りると、バリー夫人がサミィの相手をしてくれていた。

「素敵な方でしょう？」

バリー夫人が意味ありげに尋ねた。

「あの方は旦那さまの遠縁に当たるお嬢さまなんだけど、本当に素晴らしい方でね、早くこの家に、あんな奥さまをお迎えしたいものだわねえ」

奥さま。

その言葉がルーイの胸をぐさりと刺した。

この家の奥さまになる……それはドクターと結婚する、ということだ。

先日洩れ聞いてしまった「ドクターの結婚話」というのは、遠い未来の曖昧な話ではなく、具体的な相手のあることだったのか。

確かに、魅力的な女性だ。

ルーイにもサミィにも親しげで優しい言葉をかけてくれ、立ち居振る舞いも品がある。

ドクターの態度も……慇懃《いんぎん》で親しげで嬉しそうで。

そして何よりルーイは、ロズリン嬢が「おかしなネクタイ」と言ったのが、意外なほど頭に残っていた。

ルーイには、紳士の服装の「趣味の善《よ》し悪《あ》し」などはわからない。

ドクターのネクタイは、ドクター自身が適当に店で買っているらしいものだ。

だが、身なりにあまり気を遣わないドクターだから、わかる人が見れば趣味が悪いと思うようなものなのかもしれない。

ロズリン嬢のような。

つまり、ドクターには……そういう人が必要なのだ。

そのとき、ルーイの手にそっと、サミィの手が触れた。

先ほどよりももっと心配そうにルーイを見ている。

——サミィを不安にさせてはいけない。

この家から出ていかなくてはいけない日が近いのなら、サミィのために、とにかくなるべくお金をちゃんと貯めなくては。

今、話に出たように、サロンで歌うことも再開しなくては。

声がかかる限り、サロンで歌おう。

そこで……ドクターと並んで、ロズリン嬢が座って聴くのだとしても。

「ルーイ？　気分でも悪いの？」

バリー夫人が気遣ってくるのも、ルーイにとっては「間もなく失う親切」という気がして、胸が痛かった。


「このところお客が多いこと」

バリー夫人が不思議そうに言った。

確かに、先日のロズリン嬢に続いて、今日は誰か見知らぬ客が訪ねてきた。

フランス語らしい名刺をドクターに通すと、ドクターは「どこかで会ったかな」と首を傾げながらも、客を居間で迎えた。

いつものようにルーイがお茶を運ぶ。

立ち聞きするわけではないが、なるべく会話の切れ目で入っていけるように、扉の前で立ち止まると……

「ルーイを？」

驚いたようなドクターの声がした。

先日のバリー夫人との話に続いて、どういうわけか、自分が話題になっているところが耳に入ってしまい、間が悪いと思うのだが……なんの話だか気になるのは当然だ。

「どこで彼の歌をお聴きになったんですか？」

「先月の夜会で。風邪気味だったので、私は歌わないという条件で顔だけ出したのですが」

相手の言葉に、わずかに外国訛《なま》りのようなものがある。

「あの声は、素晴らしい。正規の教育を受けていないというのが驚きです。おかしな癖がつく前に、専門家に託すべきです」

「それが、あなたである……と？」

「ええ」

「彼は……歌で身を立てることができるようになると？」

「私はそう信じます」

ルーイは、心臓がばくばくと鳴り出すのを感じていた。

ドクターと客人が話しているのは間違いなくルーイのことだ。相手はどういう立場の人かわからないが、ルーイの歌を聴き、自分のもとで、専門的に教育したいと思っている……ということなのだろうか。

それはルーイにとってあまりにも意外な話で、驚きでしかない。

自分が、職業歌手になる。

歌で……収入を得られるようになる。

素晴らしいことのようだが、どうしてかそれほど心が躍らない。

どうしてだろう。

それに……ドクターはこの話を、どう考えているのだろう。それが知りたい。

いつまでいられるのかわからないにしても、ドクターは眠るためにルーイの歌を必要としているはずだ。

そのドクターが、相手の申し出をどう感じているのだろう。

「庇護者であるあなたはどうお思いですか」

客人がまるでルーイの気持ちを代弁するかのようにそう尋ねると……

「本人次第でしょう」

ドクターは淡々と答えた。

「本人の気持ちを聞いてみなくては。呼んできましょう」

その言葉にルーイははっとして、扉をノックした。

すぐにドクターが内側から開けてくれ、ルーイの表情を見て、何かを感じ取ったらしい。

「……聞こえたかね？」

咎《とが》めるふうではなく尋ねたので、ルーイは頷いた。

「はい、少し」

「では話が早い」

そう言って、客人のほうを見る。

四十過ぎだろうか、恰幅《かっぷく》のいい、口ひげを生やし少し頭髪の薄くなりかけた男が座っていた。

体格がいいせいだけではない、何か、独特の存在感のようなものがある。

光沢のある灰色の、しゃれた上着を着ているが、階級や職業の想像はつかない。

「ルーイ、こちらはシャンロン氏。パリ・オペラ座のテノール歌手だ」

「え……！」

ルーイは驚いて客人を見つめた。

オペラは見たことがないが、なんとなくどういうものなのかは知っている。

きらびやかな劇場で、大勢の人々の前で、歌う。

それも、ちゃんとしたオーケストラの伴奏で、衣裳《いしょう》やかつらもつけて、登場人物になりきって、感情を込めて歌い上げる。

ルーイが知っている歌のいくつかも、そういうオペラの中の曲であるらしい。

どれもこれも素晴らしい歌だ。

そしてフランスやイタリアでは、この国よりも音楽が盛んで、有名なオペラ歌手になれば社会的地位も高いらしい、ということも。

目の前にいるのは、本物の、そういう歌手なのだ。

「ルーイだね、よろしく」

シャンロン氏はそう言って、ルーイに手を差し出す。

ルーイはテーブルにトレイを置き、上着で手を拭ってから、差し出した。

ぎゅっと力強く握られる。

「君の歌を聴いた。きみは素晴らしい声を持っているし、声だけでなく、歌に魂を与えることを知っている。教わったこともないのにそれができるというのは、素晴らしいことだ。私のところに来て、教育を受けるつもりはないかね」

少し訛りのある英語で、しかし流ちょうに、シャンロン氏が言った。

「え……あの……あの」

ルーイは戸惑って、ドクターとシャンロン氏を交互に見た。

ドクターは無言だ。

「ドクター……僕は、どうしたら……」

「自分で考えてごらん、ルーイ」

ドクターは穏やかに言ったが、ドクター自身がどう考えているかを教えてくれる気はないらしい。

しかしこんな大変なことを、ルーイ一人では決められない。

「何か不安があるのか？」

シャンロン氏が尋ねたので、ルーイは必死になって考えた。

とにかく何もわからないが、その中から、今質問できることを。

「それは……あの、僕はフランスに行く……ということなんでしょうか」

「そうだね。来月には私はあちらに戻る。そのときにきみを連れていって、当面はつき人をしながら学んでもらう、という感じかな」

シャンロン氏は明快に答えた。

フランスに行く……ここを、離れる。ロンドンを、ドクターのもとを。

来月。そんなに早く。

それに、と……ルーイは一番大事なことを思い出した。

「弟は……弟は一緒に行けますか」

「弟?」

シャンロン氏が怪訝《けげん》そうにドクターを見た。

「彼には小さい弟がいて、面倒を見ているんですよ」

ドクターが頷く。

「その子も歌うんですか?」

「いや……その子は歌いません」

歌うどころかしゃべることもできないサミィのことを、ドクターはただそう答えた。

「小さい子の面倒までは、私は見られない」

シャンロン氏は首を振って、ルーイに向き直る。

「何年かして、きみが独り立ちして、自分のアパルトマンでも構えられるようになれば、呼び寄せることもできるだろうが」

サミィは連れていけない。

サミィと離ればなれになる。

だとしたら……サミィはどうなるのだろう?

ルーイが途方に暮れて言葉を失っていると、シャンロン氏が胸ポケットから時計を出してちらりと時間を見てから、立ち上がった。

「今ここで決める必要はない。考えなさい……まあ、考える必要もないと思うんだが。名刺を渡しておくから、気持ちが固まったらいつでもコンノートホテルに会いに来なさい」

そう言って、ルーイに自分の名刺を渡してくれる。

「突然失礼しました、ドクター・ハクスリー。彼が正しい判断をするよう、ご助言いただければと思います」

そう言って出ていくシャンロン氏を、玄関まで送ることも思いつかず、ルーイは名刺を握り締め、呆然と立っていた。

ドクターがバリー夫人を呼んでシャンロン氏を送り出すと、また居間に戻ってくる。

「ドクター」

ルーイは縋《すが》るようにドクターを見た。

「僕……僕……どうすれば。ドクターはどうするのがいいと……？」

「考えなさい、自分で」

ドクターは穏やかに言ったが、その言葉はどこか一歩退《ひ》いた感じがして、ルーイは突き放されたような気がした。

ドクターは……ルーイがいなくなっても平気なのだろうか。

あれほど、ルーイの歌のおかげで眠れると、助かると、言ってくれていたのに。

いや……もしかしたらドクターは、ルーイに居場所を与えるために大げさに言ってくれていただけなのかもしれない、とルーイは気づいた。

そうだ。だってドクターが、ルーイの歌を聴くまでの間、一睡もできなかったわけではない。それなりに眠り、きちんと生活ができていたはずなのだ。

もしかすると……

ルーイの歌が必要だというのも、ルーイとサミィをこの家に置いてくれるための、ドクターの口実に過ぎなかったのだろうか。

路上で出会ったルーイたちにこんなに親切にしてくれたのも、単なるドクターの親切……慈善だったのだろうか。

いや、そもそも自分は、それ以上の何をドクターに望んでいたのだろう。

食べ物と寝る場所に困らない一時的な避難所を与えてくれ、そして今、ルーイが自力で生きていけるような道さえも考えてくれている。

それ以上のどんな「親切」を、ドクターに求めていたのだろう。

「ルーイ?」

ドクターが静かにルーイを呼んだので、ルーイははっと我に返った。

「あ……あの、すみません、僕」

「いいんだ、あまりにも突然の話だからね。きみが一番不安なのはサミィのことだと思うんだが、それは、私が考えてあげられる」

ドクターは淡々と続ける。

「サミィのような子をどうすればいいか、専門家の意見も聞いているんだよ。サミィが安心して暮らせて……もしこの先話せるようになってもならなくても、将来に役立つ何かを学べるような場所を、私がちゃんと探してあげる」

サミィの居場所まで……考えてくれている。

専門家の意見も聞いている。

それはつまり、今日のシャンロン氏の話がある前に、「この家から出ていった後」のサミィのことを考えていたということだ。

それは……それはやはり、結婚が近いからなのだろう。

——もうドクターに、自分は必要ない。いや、最初から本当に必要とされてなんかいなかったのかもしれない。

それなら、ドクターにこれ以上迷惑をかけないためにも、一刻も早く決断しなくてはいけない。

だがどうしてもルーイの口から「シャンロン氏のところに行きます」という言葉が出てこない。

ドクターはどこか痛々しげな瞳でルーイを見つめていたが、やがて、

「とにかく、ゆっくり考えなさい」

そう言って立ち上がり、居間から出ていく。

ルーイにはその大きな背中が、自分を拒絶しているように感じられ、涙がこぼれそうになるのを必死に堪《こら》えた。


「ねえ、サミィ」

その夜、「今夜は夜更かしをして本を読むから歌はいいよ」とドクターに言われ、ルーイは早めに寝室に引き取ると、サミィを呼んだ。

ベッドに入っていたサミィは、どこかルーイの様子がおかしいと感じていたのだろう、むっくりと起き上がってルーイを見つめる。

「……あのね、サミィ」

なるべくサミィに不安を与えないよう、ルーイは静かな声で言った。

「もし……もしなんだけど」

言葉を探す。

「もし僕が……この家を出て別なところに働きに行くことになったとして」

サミィの大きな目が、さらに大きくなる。

「そこが……その、サミィを連れていけないところだとしてね」

ルーイは思い切って言葉を吐き出した。

「サミィは、いつか僕が迎えに行くまで、いい子でいられる？　街に戻るわけじゃなくて、ドクターがちゃんと、サミィのことを考えてくれる。あったかくて居心地のいい、ちゃんと食べ物もあるところに連れていってくれる。前にいた救貧院みたいなところじゃなくて、絶対に、もっといいところ。そこでサミィはいい子にして、僕を待っていられる……？」

サミィは、首を縦にも横にも振らずに、ルーイを見つめている。

ルーイは、サミィの表情を読むことには慣れているのだが、今のサミィの顔からは、ルーイの言葉をどう受け取ったのか、まるでわからない。

「……びっくりしたよね」

ルーイが言うと、サミィは俯いた。

そうだ、驚いたのだ、突然こんな話をされて。

ルーイ自身、驚いて戸惑っているのだから、サミィだって当然そうなのだ。

「ごめん」

ルーイはサミィを抱き締めた。

大事な、かわいいサミィ。

サミィこそは、ルーイにはじめて「必要とされている」と思わせてくれた存在なのだ。

必要とされている。

それこそが、ルーイ自身にとって本当に必要な感情だったのだ。

「ごめんね。今のは、たとえばの話だから。今すぐ離ればなれになるなんて話じゃないからね」

ルーイはそう言った。

ルーイ自身、心の中で思い悩みながら。


翌朝、目を覚まし、ルーイはベッドが妙に広いことに気づいた。

——サミィ。

サミィの体温と寝息がない！

がばっと起き上がると、サミィが寝ているはずの場所はぽっかりと空いていた。

「サミィ⁉」

ベッドから落ちたのだろうかと床を見たが、いない。

慌てて見回すと、靴と、上着がない。

まさか……寝間着の上に上着を着て、靴を履いて、どこかに行ったのだろうか。

いや、早くに目が覚めて、キッチンにでもいるのかもしれない。

ルーイも慌てて服を着ると、階段を地下まで駆け降りた。

しかし、キッチンは冷え冷えとしていて、サミィの姿はない。

「サミィ……サミィ？」

まだ寝ているドクターを起こしてはいけないと声をひそめながらも、ルーイは居間や診察室を必死に探し、そしてはっと気づき、玄関ホールに飛んでいった。

玄関の鍵が、開いている。

毎晩バリー夫人がきちんと戸締まりしているはずなのに、内側から開いたままだ。

外へ行ったのか。

「ルーイ、どうした？」

階段の上からドクターの声がした。

起こしてしまったのだ。

「申し訳ありません……サミィが、サミィがいなくて」

「サミィが!? どういうことだ？」

「わかりません、起きたらいなくて……靴と上着がなくて、玄関が開いていて。僕昨夜、サミィに話を――」

「わかった、そこにいなさい」

ドクターは部屋に戻ると、すぐにスーツ姿になって出てきた。

髪には寝癖がついたままだ。

バリー夫人も騒ぎを聞きつけて起きてきて、まず三人で改めて家じゅうを探し、どう考えてもサミィは出ていったのだ、という結論になった。

「探しに行きます！」

家を飛び出そうとするルーイに、

「外は寒い、これを」

ドクターが自分のマフラーを持ってきて首に巻いてくれる。

「私は、警察に連絡して、それからボルトンたちに声をかけて手伝ってもらう。バリーさん、あなたは家にいてください」

ドクターのてきぱきした声を背に、ルーイは家から飛び出した。


自分のせいだ。

サミィは自分の話を聞いて、もうルーイの側にいてはいけないと思ってしまったのに決まっている。

サミィを動揺させるような話をしておいて、よくもまあ自分だけ眠れたものだ。

あれこれ考えてなかなか寝つけなかったし、眠りも浅かったけれど、結局はサミィがいなくなったのに気づかないほど、深く眠ってしまったのだ。

情けない。

そんなことを考えながら、ルーイは少しでも心当たりのある場所を探し回った。

ロンドンの街はどんどん目覚めはじめている。

サミィを連れていったことのある店を片端から回り、見かけたらドクターのところに連絡してくれるよう頼み、サミィの足で行けそうな範囲を、路地裏に入り込み、物陰を覗き込み、とにかく手当たり次第に探す。

「これくらいの、小さい子を見ませんでしたか。黒髪に、大きな黒い目の」

通りがかる人に向かって、その言葉をどれだけ繰り返しただろう。

だが、サミィは見つからない。

午後になり、ふと、もうドクターが見つけて家に戻っているかもしれないと思い、ルーイは一度ドクターの家に戻った。

玄関ホールには、ドクターがいた。

「ルーイ!」

ドクターがいるということは、もしかして——

「サミィは見つかりましたか?」

勢い込んで尋ねたルーイにドクターは首を振った。

「まだだ」

まだ見つからない。

それを聞いた瞬間、ルーイの膝の力が抜けて倒れそうになったのを、駆け寄ったドクターの腕が支えた。

「ルーイ、身体が冷え切っているじゃないか。居間へ」

「いいえ、サミィを探さないと」

もがくルーイの身体を、ドクターが両腕で抱えるようにして、居間へ連れていく。

「警察にも行ったし、私の友人たちも総出で探してくれている。私も今、様子を見に一度戻ったところで、バリー夫人には別な心当たりに使いに行ってもらったところだ。きみも、朝から何も食べていないだろう。そのままでは風邪を引く、とにかく暖炉の側へ」

宥めるようにドクターが言い聞かせ、暖炉の前の床に、ルーイを座らせる。

確かに身体が冷えて疲れ切っていて、すぐまたサミィを探しに行かなくてはともがく足もうまく動かない。

でも、こうしている間にも、サミィもどこかで凍えているかもしれない。

サミィだって、朝から何も食べていない。

路上ではもっと凍えてもっと飢えていたときだってあったのに、自分の身体は安楽な生活に慣れてしまったのだろうか。

だとしたらサミィだって、もっと辛い思いをしているはずだ。

なんとかふらふらとルーイが立ち上がったところへ、カップを手にしたドクターが戻ってきた。

「ルーイ！　とにかく一度、落ち着きなさい！」

ドクターはそう言って、ルーイをソファに座らせると、湯気の立ったカップを差し出した。

ココアが入っている。

「身体を内側から温めるんだ。さあ」

身体が何かを欲していたのは確かで、ルーイはカップを受け取ろうとしたが、うまく手が動かない。

するとドクターは、カップを両手で持ったルーイの手を、自分の手で覆って支えた。

凍えた手を、カップの熱とドクターの手の温もりにはさまれて、ルーイはなんだか泣きたいような気持ちになった。

「飲みなさい、ゆっくり。そう」

ドクターに言われるままにココアを何口か飲むと、じわりと身体の芯が温まってくる。

「……サミィも……」

「サミィは大丈夫だ、すぐに温かいココアを飲ませてあげられる」

ドクターは力強く言ってから、優しい声音になる。

「戻ってきたとき、きみがそんな蒼い顔をしていたらサミィがびっくりするよ」

サミィ。

「僕……僕がもっと、ちゃんとサミィを見ていなくてはいけなかったのに……サミィには僕しかいないのに、僕がこんな……っ」

自己嫌悪でいっぱいになっているルーイの背を、ドクターが優しく撫でた。

「自分を責めちゃだめだ。きみはよくやっている。きみだって、まだ誰かを頼っていい年なのに、そんなふうに何もかも自分で背負い込むことはないんだよ」

ドクターの言葉が、ほろ、と……心の中の、凍っていた何かを溶かしたような気がして、ルーイはドクターを見た。

穏やかな鳶色の目が、優しくルーイを見ている。

そう……この瞳は、いつでもこんなふうに優しかった。

はじめて出会ったときから。

穏やかに優しくルーイを包み込んでくれ、安心させてくれた。

この人に縋りたい。

この人の側にいたい。

これまで知った誰とも違う、この人の側にこうしていたい。

温かな手にいつまでも触れていたい。

そして――

ドクターの瞳に、不思議な熱が点《とも》ったような気がした。

目がそらせなくなる。

カップごとルーイの手を握っていたドクターが、視線を合わせたまま、ゆっくりと手を動かし……カップを傍らのテーブルの上に置いた。

そして、その温かく大きな手がルーイの頬を包む。

もっと触れて欲しい。

もっと触れたい。

ルーイがそう思ったとき……ドクターの顔が近づいてきた。

自然と、目を伏せたルーイの唇に、ドクターの唇が重なった。

キスを、している。

ドクターと。

優しくそっと押し当てられた唇から、熱とともに優しさがじんわりとルーイの中に流れ込んできて、不思議な幸福感に満たされる。

胸の中に熱い塊が生まれて、息が詰まりそうだ。

涙が滲みそうになり、ぎゅっと目を瞑って堪えようとして、身じろぎしたとき。

はっと、ドクターがルーイから身体を離した。

その瞳にさっと動揺が走る。

「す……すまない」

慌てたように自分の口元を拳で覆い、ドクターがソファから立ち上がる。

「すまない、こんなことをするつもりではなかった。これはいけないことだ」

ルーイは呆然とドクターを見上げた。

こんなことをするつもりではなかったのに、してしまった。

それは……

ルーイの脳裏に、あのストラトベリーから言われた言葉がさっと蘇った。

お前は無意識に男を誘う、という言葉。

自分ではそんなことは絶対にないと思っていたけれど……もしかしたら、そうやってドクターを誘ってしまったのだろうか。

触れたい、触れてほしいという欲望が確かにルーイの中にあって、ドクターはそれに誘われて、するつもりもないキスをしてしまったのだろうか。

だとしたら、自分のせいだ……！

ドクターは自分を軽蔑するだろうか。

蒼ざめているルーイに、ドクターが何か言いかけたとき。

「旦那さま！」

玄関からバリー夫人の声がした。

「サミィが！　サミィが見つかりました！」

はっとしてルーイは立ち上がり、居間を飛び出した。

「ああ、ルーイ、戻っていたのね」

バリー夫人が玄関ホールに入ってくる。

「サミィは？」

「途中で、偶然あの方にお会いしたんです」

バリー夫人の視線を追って、ルーイが玄関の外を見ると……

思いがけない人の姿があった。

ロズリン嬢。

ふわふわの、軽そうな毛皮のマントに身を包み、そのマントの中に、黒髪の子どもを包み込んでいる。

サミィだ……！

「サ……」

ルーイが叫びながら駆け寄ろうとすると、ロズリン嬢が小声で「し」と言って微笑んだ。

「よく眠っているの」

確かに、ふわふわの毛皮のマントに包まれたサミィは、ばら色の頬をして、ぐっすりと眠り込んでいる。

こんなふうに……ほとんど知らない人に抱っこされて、熟睡するなんて。

驚いているルーイの横を通ってロズリン嬢は家の中に入った。

「どこかに寝かせられる？」

「あ、こちらへ！」

ドクターが慌てて居間に入り、一人がけのソファを暖炉の前に引き寄せている間に、バリー夫人がクッションや膝掛け毛布をかき集める。

ロズリン嬢はそっとその上にサミィを下ろした。

ルーイがその前に膝をつくと、ロズリン嬢は微笑んでルーイに場所を譲ってくれる。

「いったいどこで？」

少し離れた場所で、ドクターが小声でロズリン嬢に尋ねた。

「イーストエンドの近くに、私が毎週訪問している孤児院があるの。そこへ向かう途中、寝間着姿で道ばたに座り込んでいるのを御者が見つけて。最初は孤児院の子かと思ったんですけど、寝間着が着古しではないし、ここに伺ったときに会った子と似ている感じがして、とりあえず家に連れ帰ったの。そうしたらさきほど、父のところにボルトンさんがいらして、あなたがこの子をお捜しだとおっしゃったから」

「それは……！　本当にありがとうございます！」

「お役に立ててよかったわ。何しろ凍え切っていたので、とりあえずミルクを飲ませて。何を尋いても答えてくれなくて……でも相当疲れていたんでしょうね、先ほど馬車の中でとうとう眠ったところだったのよ」

ロズリン嬢の言葉に、ドクターがちょっと迷ってから言った。

「いや、実は……あの子は、話せないんですよ」

「そうだったの！　かわいそうに！」

二人の会話を聞きながら、ルーイはサミィの顔を覗き込んだ。

すっかり安心して眠っているように見えるが、よく見ると、頬に涙の跡がある。

それに足は裸足で、足の裏が汚れているし、上着も着ていない。

ロズリン嬢が寝間着姿でいるのを見つけたと言っていたから、その前にきっとどこかで盗《と》られてしまったのだ。

物騒な下町で、命まで失うようなことにならずに、本当によかった。

自分のせいでサミィにもしものことがあったら、どう自分を責めても責め足りないところだった。

そう思いながら、ひたすらサミィの顔を見つめていると……サミィがわずかに身じろぎし、そしてふっと目を開けた。

ルーイと目が合い、微笑む。

そのふっくらした唇がゆっくりと開き……

「るー、い」

小さな声だが、はっきりと、サミィは言った。

「サミィ……？」

驚いてルーイが呼ぶと、サミィはもう一度、どこかたどたどしくはあるが、はっきりと言った。

「ルーイ」

「ドクター！」

思わずドクターを呼ぶと、ドクターも椅子の背後からサミィを覗き込む。

サミィはドクターを見上げてにっこりと微笑み……そしてもう一度ルーイを見て、そしてまたゆっくりと目を閉じた。

すぐにまた、寝息を立て始める。

「サミィ……サミィが……」

とうとう喋った。

胸がいっぱいになり、ルーイの目に涙が溢れてくる。

「ルーイ」

ドクターがルーイの肩に手を置こうとして――躊躇い、引っ込めた。

ルーイははっとした。

先ほどのキスのことを思い出してルーイの顔がさっと熱くなり、そして次の瞬間、血の気が引いて蒼ざめる。

そのとき、居間からいなくなっていたらしいバリー夫人が、そっと入ってきて小声で言った。

「診察室にお茶を用意いたしました」

「ありがとう。では、ロズリン、どうぞ」

ドクターがロズリン嬢に肘を差し出し、ロズリン嬢がにっこり笑ってそこにそっと手を置く。

ルーイに触れることを躊躇い、拒否した手を、ロズリン嬢には差し出す。

当然のことだ。

二人が出ていく後ろ姿は、まさに似合いの一対だとルーイは思った。

「ルーイは？　ここに何か、食べるものを持ってきましょうか？」

バリー夫人が尋いてくれたので、ルーイは首を横に振った。

「サミィが目を覚ますまで……ここにいます」

「そう。食べるつもりになったらいつでも食べられるように、レンジにスープの鍋をかけてありますからね」

バリー夫人は優しくそう言い、ドクターたちにお茶を給仕するために居間を出ていく。

静かに扉が閉まると、ルーイはまたサミィの寝顔を見つめたが、その頭の中にあるのは、ドクターのことだった。

――もう、ここにはいられない。

ドクターとキスをしてしまった。そしてドクターはそれを「これはいけないことだ」と言った。

ドクターが「いけない」と思うことを、ルーイがさせてしまった。

そんなルーイの歌を、この先もドクターが必要としてくれるかどうか。

それに、ロズリン嬢との結婚が近いのだとしたら、どちらにしても子守歌を歌うという役目だっておしまいだろう。

ロズリン嬢は素晴らしい人だ。

ドクターとお似合いだと思いつつ、どうして、あの二人が並ぶ姿が、ルーイにとってこんなに辛いのだろう。

その答えは、とっくにルーイの中にあった。

ドクターの側にいたい。その想いはいつか、ドクターにとってのただ一人の特別な存在でありたいという想いに育ってしまっていたのだ。

誰よりもドクターの心に近い存在でありたいと。

……ドクターが、好きなのだ。

ルーイはとうとう胸の中でそれを言葉にしてしまい、両拳を自分の胸に押し当てた。

その言葉が外に向かって溢れようとするのを押さえつけるかのように。

こんな想いで、ここにはもう一瞬だっていられない。

ただ……気にかかるのはサミィのことだ。

ルーイはサミィの寝顔を見つめた。

安心しきった、天使のような寝顔だ。

ルーイにはサミィが必要だった。自分が「必要とされている」と思わせてくれるサミィが。

でも……本当にまだ、サミィには自分が必要だろうか？

サミィはとうとう喋れるようになった。

そして……さきほどの、ロズリン嬢に抱かれて眠り込んでいたサミィの様子。

自分の腕の中でなくても、サミィは安心できる。

ルーイが連れて出て、また不安定でひもじい暮らしをさせるよりも、ここに置いていくほうがずっと安心していられる。

ドクターとロズリン嬢なら、きっと、サミィにとっていい環境を与えてくれる。

まだ五歳になるかならないかのサミィは、いずれ、ルーイのことも、路上暮らしのことも忘れるだろう。

一人で行くべきだ。

とうとう決意して、ルーイは立ち上がった。

黙って出ていけば、サミィを捜し回ったように、ドクターはルーイを捜すことだろう。ルーイに対し、まだそういう責任感のようなものは持っている……そういう人だ。

辺りを見回し、暖炉の横の小テーブルに目を留めた。

ドクターの癖で、家じゅうのどの部屋にも、メモ用紙とペンが置いてある。

ルーイはペンを取り、あまりうまくはない字だが、丁寧に書いた。

『お世話になりました。サミィのことをよろしくお願いします。僕のお金やこれまでの給金は、サミィのために使ってください』

それ以上の余計な言葉は必要ない……これでわかってもらえるだろう。

ルーイが自分から姿を消したとわかれば、ドクターもほっとするはずだ。

ルーイはもう一度サミィの顔を見つめ、そしてその額にそっとキスをすると、足音を忍ばせて居間を出て、そして玄関から外に出ていった。


さて、どこへ行こう。

当てもなくルーイは、ただひたすら、ドクターの家から遠ざかることだけを考えながら歩いていた。

とにかく、これからのことを考えなくては。

路上生活に戻って、以前のような暮らしをするわけにはいかない。

サミィが一緒ではないのだから、ちゃんとした働き口を見つけて、働く。

または……

ルーイは、上着のポケットの中にあった、シャンロン氏の名刺に、指で何度も何度も触れた。

シャンロン氏の弟子になってフランスに行き……そして歌手になる。

そんな大それたことが可能なのだろうか。

もし、歌で身を立てることができるのなら、それが一番いい。

だが、今すぐにシャンロン氏のところに行くのは躊躇われる。万が一ドクターがルーイを探そうとしたとして、最初に思いつくのはきっと、シャンロン氏のところだからだ。

二、三日、どこかに身を潜めていよう。

路上で寝るわけにはいかない。今のルーイの服装では、寝ている間に……寝ていなくても、身ぐるみはがされてしまう危険がある。まさか下着姿でシャンロン氏のいるホテルには行けない。

ルーイはとりあえず古着市でネクタイとハンカチを売り、数シリングを得た。

その金で固くなったパンの塊をひとつ買い、そして安宿を探す。

火を入れたことなど一度もなさそうな部屋の、これも洗ったことなどなさそうな汚い寝具の中に入ることを躊躇っている自分に気づき、ルーイは苦笑した。

ドクターのところで、すっかり甘やかされてしまった。
ほんの少し前まで、屋根があればありがたいと思っていたのに。
パンを少しかじり、ベッドに入って冷え切った身体に穴の開いた毛布をかける。
目を閉じると、考えまいと思っても、ドクターの顔が浮かんできた。
寝癖のついた茶色い髪。
優しい鳶色の瞳。
穏やかな声、そして大きな温かい手。
そして唇——
「ダメだ！」
ルーイは声に出して自分を叱りつけた。
どうしてキスのことを思い出したりするのだろう。
こんな自分だから、ドクターのところにいられなくなってしまったのに。
サミィと一緒にいることもできなくなったのに。
そうだ……サミィ。
一人で眠れているだろうか。
ルーイがいなくなって泣いていないだろうか。
いや……ドクターとバリー夫人と、そしてロズリン嬢の存在がある。

ルーイは必要ない。

涙が溢れてくるのを必死で堪え、ルーイは歯を食いしばって頭から毛布を被り、何も考えずに眠ろうとしたが、とうとう朝までまんじりともしなかった。


三日後、ルーイは意を決して、コンノートホテルへ行った。

ドアマンに名前を告げてシャンロン氏に会いに来たと告げると、訝しげな顔をされた。

顔や手はちゃんと洗って上着とズボンは寝押ししたが、シャツの襟はよれよれだし、ネクタイもしていない。

それでもシャンロン氏は部屋にいてルーイを通すように言ってくれ、ルーイはほっとして、上品で落ち着いたホテルの、続き部屋の居間に通された。

部屋の中央にはピアノが置かれ、壁には楽譜が収められた額がかかっていたりして、いかにも音楽家が長期滞在している、という感じだ。

やがて続き部屋の扉が開いて、寝間着の上にキモノふうのガウンをまとったシャンロン氏が現れた。

「来たね」

愛想よく両手を広げてルーイを迎える。

「厚かましいとは思ったのですが……」

おずおずとルーイが言うと、にやりと意味ありげに笑った。

「おととい、ドクター・ハクスリーがきみをここに探しに来たよ」

やはり。

ルーイは思わず顔を強ばらせた。

「あの……ドクターには、僕のことを……」

「あそこを出てきたんだろう?」

シャンロン氏は「わかっている」という調子で言った。

「何か気に入らないことがあったんだろう。まあ、そういうことには興味がない、別に彼に、きみがここに来たと言うつもりもないよ」

ルーイはほっとした。

「それじゃあ、あの……」

「私の弟子になる決意がついたんだね?」

「はい、よろしくお願いします」

ルーイは頭を下げた。

「よろしい、とにかくきみを待ちかねていたんだよ。尋きたいことがいろいろある。歌はどうやって覚えた? あそこにかかっている楽譜は読めるかね?」

壁にかかった額を、指さす。

「いえ、楽譜は読めません」

「ふむ、全部耳で覚えたのか。この間の夜会で歌っていたのは、どこかで聴いて覚えたんだな。親は？　やはり音楽家だった？」

唐突な問いにルーイは戸惑った。

「親は……いません、あの、わかりません。気がついたときには……いなくて」

「ふむふむ」

シャンロン氏はちょっと首を傾げ、それから親しげにルーイの肩に手を回した。

ルーイはびくりと身を固くしたが、振り払うような真似《まね》はできない。

シャンロン氏はルーイの反応になど気づいた様子はなく、ルーイをピアノの前に連れていって手を離す。

そう、意味はないのだ……肩に回した手など。

フランス人は、人との距離の取り方が違うのかもしれないし、いちいち過剰反応していてはやっていけない。

シャンロン氏はピアノの蓋を開ける。

「ピアノは弾ける？」

「いえ！」

まさか、触ったこともない。

「少しは弾けると、私も部屋で練習するときに助かるんだがね。覚える気はある?」

「は、はい」

「じゃあ、追々に。とりあえず、きみの声域を知りたい」

そう言って椅子に座り、両手を鍵盤の上に置く。

いきなり始まるのだ。

挨拶をして、休む間もなく、弟子としての仕事の内容とか条件とか、そういうものを聞くこともなく。

「音階のとおりに、『ラ』で歌ってごらん、そう」

ルーイは、前の晩よく眠れなかったし空腹でもあったのだが、そんなことを言っている場合ではないと、背筋を伸ばした。

声を出すのは楽しい。

高い音も低い音も、自分の身体のどこをどういうふうにすれば出てくるのか、身体が知っている。

「ふむふむ、なるほどね」

シャンロン氏は一通り声を出させると、曲の一節をピアノで弾いた。

「この間夜会で歌っていただろう、これを」

教会のコンサートでテノール歌手が歌っていたのを聴いて覚えた曲だ。

ルーイが歌い出すと、

「ああ、そこそこ、そこが気になっていたんだ」

シャンロン氏は伴奏を止める。

「ここをどうしてそんなにひそめるのかな」

ルーイは戸惑った。

どうして……そんなことは考えたことがない。

「そういうふうに……歌うのが、いいと思ったからです……」

シャンロン氏は眉を寄せて首を振る。

「それでは、オペラ座では歌えない。客はこのフレーズが好きなんだよ。だからここは、溜めて、引っ張って、止めて、それから歌い上げるんだ」

確かに教会のコンサートでもそうやって歌っていたが、ルーイにはなんとなく、違和感があったのだ。

「でも……歌詞の意味を考えると……」

「そういう、勝手な解釈の問題じゃないんだよ」

シャンロン氏はルーイの方に向き直った。

「いいかい？　きみがこれから勉強しなくてはいけないのは、サロンの、気取った少人数の前で歌う歌じゃない、劇場いっぱいの、それぞれにチケットを買っている客に聴かせる歌だ。そしてこの曲は、劇場では常に、溜めて引っ張ることに決まっているんだよ」

想像もできない劇場いっぱいのお客の前で、お客が喜ぶように歌う。

そういうふうに決まっているから、そのように歌う。

その言葉にルーイは引っかかりを覚えたが、何しろプロの歌手のもとでのレッスンは始まったところなのだ。

まずは言うとおりにしなくては。

シャンロン氏の言うように歌い、シャンロン氏は「まあ、最初にしては上出来だろう」と言ってくれたが、ルーイの中ではどうにもしっくりしない。

「さて、昼寝の前にもう一曲だけ。私は昼寝を欠かさないのでね」

シャンロン氏はそう言って、またピアノに手を置いた。

「これなんだが」

「あ」

ルーイははっとした。

これは……「川下り」の歌だ。

どこで覚えたのかわからない、ドクターの前で歌うまで、自分でも忘れていたような、古い古い記憶の中に沈んでいた歌。

これを、どうして？

驚いてシャンロン氏を見ると、シャンロン氏が不思議そうにルーイを見る。

「夜会のアンコールで歌っていただろう？」

そういえば、そうだった。

レパートリーが尽きてしまって、最後にこれを歌ったのだ。

「この歌を、ご存知なんですか？」

「まあね」

シャンロン氏は、わずかに意味ありげに頷いた。

「むしろ私も、どうしてきみがこれを知っているのか知りたいんだがね」

どうして、と言われても。

「どこかで聴いて覚えた？　誰が、きみにこれを歌った？」

シャンロン氏が尋ね、ルーイが答えられずにいると、立ち上がってルーイを見下ろす。

「わ……わからないんです……」

「わからない？　いつかどこかで覚えたんだろう？」

そう言われても、わからないものはわからない。

「気がついたら、知ってて……」

「歌詞が、私が知っているのと少し違うんだが、それは？」

「歌詞を、本当の歌詞をご存知なんですか？」

驚いてルーイは尋ねた。

ルーイは途切れ途切れにしか思い出せなくて、自分で勝手な歌詞をつけていたのだ。

「知っている、と言ったら？」

シャンロン氏が、探るような目つきで尋ねる。

「ご存知なら……教えていただきたいです！　ちゃんとした歌詞を……そしてこれが、どういう歌なのか」

ドクターのために歌っていたこの歌は、ルーイにとって特別な歌だった。

本当はどういう意味を持つ、どういう人が作った歌なのか、知りたい。

「愛の歌だよ……美しい、愛の歌」

シャンロン氏は呟くようにそう言って、掌でルーイの頬に触れた。

肉づきのいい、湿った手の感触は、あまり気持ちのいいものではない。

これも……フランス流の、距離感……なのだろうか。

でも。

シャンロン氏はルーイの目をじっと覗き込む。

「この、優しい深い碧の目」

頬に触れているのとは違う手で、ルーイの髪を撫でる。

「絹糸のような金の髪」

うっとりするような声に、ルーイの背中がざわりと粟立った。

シャンロン氏が顔を近寄せてくる。

「あれだけ求めて得られなかったものが、まさか今こんなかたちで、私の手の中にあるとは信じられない」

「な……」

シャンロン氏から離れようとしたが、素早く腰の後ろに手が回り、引き寄せられる。

この男も結局、ルーイの容姿に興味を持ち、ルーイの身体を支配しようとする男の一人だったのだろうか。

自分は自ら、のこのことそういう罠《わな》に飛び込んでしまったのだろうか。

だが、シャンロン氏のうっとりとした目つきは、ルーイを金で買った男たちとは別な意味で、何か危険な感じがする。

「今度こそ、お前は私のものだ」

シャンロン氏は微笑んだが、その目は笑っていない。

そしてその目はどこか焦点が合わず、ルーイではなくて、他の誰かを見ているように感じる。

「……鍵のかかった部屋にお前を閉じ込めよう。いやいっそ、金の鳥籠《とりかご》を作ってその中に入れてしまおうか。私のために……私だけのために、歌い続けられるように……」

シャンロン氏の手が、ルーイの細い首に回り、じわりと力が籠もって――

「離せ！」

ルーイは渾身《こんしん》の力でシャンロン氏を突き飛ばした。

恰幅のいい、腹の出た身体が、よろけてピアノの椅子にぶつかり、シャンロン氏はそのまま椅子の脇にどたりと転がる。

はっと我に返ったようにシャンロン氏の瞳がルーイを見つめ、そして顔にさっと血が上った。

「何をする、この小僧！」

両手をついて、よたよたと立ち上がる。

椅子を間にして一瞬の緊張があり――

「出ていけ！」

シャンロン氏が叫んだ。

「お前の顔など二度と見たくない！　出ていけ！　失《う》せろ！」

言われるまでもなく、怒号を背に、ルーイは部屋を飛び出していた。


結局、こういうことになってしまう。

ルーイはあてどなく、ロンドンの街を歩き続けた。

みじめだ。

どうしてこうなってしまうのだろう。

やはり自分が悪いのだろう。無意識に男を誘うと言われたとおり、自分自身に何か問題があるから、おかしな男たちが寄ってくる。

ドクターのようなまともな人ですら……ルーイとキスをしてしまう。

ドクターに申し訳ないと思いつつ、ただ、ドクターのあの唇の感触だけは、ルーイの中に繰り返し、嫌悪感などみじんもなく蘇り、胸を疼かせる。

ドクターが好きだから……好きになった人とのただ一度のキスだから、それを想い出として胸の中にしまっておきたい。

ドクターが忘れてしまいたいと思い、実際に忘れてしまったとしても。

それにしても、これから自分はどうしたらいいのだろう。

歌手になる希望は断たれた。いや、もともとそんな才能などなかったのだろう。

シャンロン氏は、ルーイの中に、誰か他の人間を見ていたように思える。

もしかしたら、昔愛して得られなかった誰かにルーイが似ているとか……そんなようなことでルーイを誘っただけで、ルーイの歌など最初から認めていなかったのかもしれない。

サロンで好評だったのもきっと、浮浪児上がりの、ちゃんと教育も受けていない少年が歌うのを珍しがられていただけのことだったのだ。

サミィを除けばドクターだけが、本当にルーイの歌を必要としてくれた。

……いや、それも今となっては、ルーイを憐《あわ》れんで面倒を見る口実だったのかもしれない、とすら思えてくる。

もう歌のことなど忘れて生きていくべきなのだろう。

どこかの工場とか、炭鉱とか、そういうところへ……ドクターが「寿命を縮める」と言ったそういう場所で働いて、くたくたになって、ある夜眠りについたらもう目覚めない……そんなふうに終わるのが、自分にふさわしいのかもしれない。

いや、それなら今すぐ消えてなくなっても同じことだ。

ドクターのことだけを考えながら、このままロンドンの闇の中に、溶けて消えてしまいたい。

そんなことを思いながら彷徨《さまよ》っていても、実際には情けないことに、身体は疲れるしお腹も空くし、眠くもなってくる。

とりあえずねぐらを探そうと、ルーイは以前にいた下町に戻ってみた。

しかし、ルーイとサミィが確かにそこで生きていた街は、その記憶が偽物ではないかと思えるほど、よそよそしくなっていた。

路地の奥や物陰など眠れそうなところにはすでに誰かが陣取っていて、ルーイが覗き込むと、ルーイよりずっと年下の少年や少女が怯えたように目を伏せる。

すれ違う人々は皆、ルーイのことを「場違いな人間が歩いている」と言いたげな目でちらちらと見るし、その中には確かに、かつて見知っていた顔もあるように思えるのに、それが誰だったのか思い出せない。相手もルーイだとわかったようなそぶりはない。

路地裏にようやくなんとか休めそうな場所を見つけ、ルーイは座り込んだ。

ドクターが与えてくれた服を汚したくはないが、おそらく明日になればこの上着を売って古着と取り替え、その差額でパンを買うことになるだろう。

寒くて、ひもじくて、みじめなのは以前と同じはずなのに、ルーイにはその夜がかつてないほど辛かった。

そしてその辛さが、すべてを失ってしまった心の寒さだということも、わかっていた。

数日間ルーイはそうやって、ロンドンの街中を彷徨っていた。

夜は、身体が凍えないようにひたすら歩き回る。昼間は、少しでも暖かそうなどこかに潜り込んで浅い眠りに身を委ねる。

ねぐら探しの勘も次第に戻ってきたように思う。

昼間に街中を歩かないようにしているのは、最初は、またドクターが友人を動員してルーイを探すかもしれないと思ったからだが、ルーイの背格好、人相の人間を探している気配もないとわかってきて、ルーイはほっとすると同時に、これで本当にドクターとの縁は切れたのだと切なく思った。

日ごとに身体よりも心のほうがすり切れてきて、この先どうやって生きていこうかと考える気力すらなくなっていく。

空腹も寒さも感じなくなり、ルーイは気がつくと、胸の中で「ドクターに会いたい、ドクターに会いたい、会ってはいけない、でも会いたい、でも……」とただただ繰り返すようになっていた。

そしてある夕暮れ……自分がどこを歩いているのかもよくわからないままに機械的に出していた足が、ふと止まった。

何か、聞こえる。

耳を澄ますと……オルガンの音が聞こえていた。

のろのろと周囲を見回し、そこが、いつかドクターがチャリティコンサートに連れてきてくれた大聖堂の前だと気づく。

オルガンの音は聖堂の中からだ。

こんな時間に礼拝が行われている気配はなく、どうやらオルガン奏者が練習をしているらしい。

ルーイはふらふらと聖堂の入り口に向かって階段を上がった。

脇の小さい扉が開いている。

そこから中に入ると、聖堂のずっと奥のほうに、オルガン奏者がいた。

パイプオルガンの音量を小さくして、熱心に弾いている。

入り口の近くにいれば邪魔にならないだろうと思い、座席の最後列に座った。

聖堂を静かな音楽が満たし、ルーイの全身に流れ込んでくる。

なんて美しいんだろう、と思った瞬間、ルーイの頰を涙が伝った。

無名のオルガン奏者がただ練習で弾いていてさえ、音楽はこんなにも美しい。

ルーイの中で涸《か》れかけていた音楽の泉に、ゆっくりと水が湧き出て、満たされていくのがわかる。

歌いたい。

自分の中から溢れ出る音楽を、唇から外へと解き放ちたい。

オルガン奏者の弾く曲が、教会にあまりちゃんと通っていないルーイにも馴染みの、有名な賛美歌に変わり――

無意識に、ルーイは歌い出していた。

静かに、細く澄んだ声で。

オルガン奏者までは届かない声量だが、ルーイの中で、自分が生み出すひとつひとつの音が、聖堂の中でオルガンの音と溶け合っていき、ルーイを包み込む。

幸せだ。

ただ歌うことが、こんなにも幸せだ。

そして、その幸せに欠けているものがあるとすれば……この歌を聴いてほしいと思う人が、側にいないことだ。

ドクター……！

その人の顔を思い浮かべた、そのとき。

「ルーイ！」

自分の名前を呼ぶ声に、ルーイははっとして歌を止めた。

振り向くと、聖堂の入り口に、背の高い人影があった。

「ド……」

まさに今思い浮かべたその人の姿が、そこにある。

どうして？

逃げなくては、と瞬間的に思い浮かべたルーイに向かって、ドクターが大きく一歩踏み出し、両手を広げた。

「ルーイ！」

次の瞬間――

ルーイの身体は勝手にドクターに向かって駆け出していた。

ドクターと同じように両手を広げて。

足がもつれて転びかけた身体を、ドクターの腕がしっかりと受け止め……

二人は、固く抱き合っていた。

「ルーイ……ルーイ……！」

「ドクター……！」

ただただ互いを呼び、きつくきつく相手の身体を自分の腕で確かめる。

やがて……

「ルーイ」

震える声でドクターが言って、ルーイの顔を覗き込んだ。

「捜した……ここの前を通りかかったら……ルーイの声が聞こえて……まさか、ここで」

捜してくれていたのだ、ドクターは。

よく見ると、ドクターの目の下には隈《くま》ができているし、頬も削《そ》げていてひどい顔だ。

「捜して……僕を、捜してくれていたんですか……？」

「きみが、捜してほしくないと思っているかもしれないとは思った……だから、サミィのときのように、友人や警察には頼まなかった。何より私は、自分自身で君を見つけたかったんだ」

ドクターはそう言って、躊躇うようにルーイを抱く腕を緩めた。

「きみは……私を許してくれるだろうか？」

「許す……？」

ルーイは驚いてドクターを見つめた。

「何を、ですか？」

「きみに……きみに、キスを……してしまったことを」

その言葉を口にするのさえ躊躇われるように、ドクターはぎこちなく言う。

「そんな……だってあれは……僕が、したくて……してほしくて……僕こそ、ドクターに申し訳なくて……」

二人は、呆然と互いを見つめ合った。

混乱した沈黙から、先に立ち直ったのはドクターだった。

「あれは、私が望んだことだ。そしてきみがいなくなってはっきりわかった。私がどれだけきみを必要としているか。きみに側にいてほしいか。こんなふうに思える相手ははじめてだと……だが、きみはその……これまでにさんざんいやな思いをしてきたし」

言いにくそうなドクターの言葉が意味しているのは、仕事として男たちに身体を触らせていたことだとわかり、ルーイは俯く。

「それに……きみは私の家にいて、私に逆らえない立場だ。そういう立場を利用してきみに言うことを聞かせるようなことは、したくないし、するべきではなかった。きみがいなくなったのは、そういう……」

「違います！」

ドクターが何を言っているのかに気づいて、ルーイは驚いて首を振った。

金を払ってルーイを欲望の対象にした男たちと、自分は同じことをしようとしていたのではないかと、ドクターは言っているのだ……！

「違います、ドクターはそんな……僕は、僕だって、ドクターが好きで、こんな気持ちははじめてで、でもドクターはこういうことを嫌いだって……」

「嫌いなものか」

ドクターが泣き笑いのような顔になる。

「自分が想う相手が、自分のことを想ってくれる。互いに互いの存在を求めている。そんな状態を……そんな幸福を、嫌ってどうする？」

ルーイが何も言えずにドクターを見つめていると、ドクターは切なく微笑んだ。

「きみに先に言わせてしまった。私も同じ気持ちだ……きみが好きで、大切で、必要だ……愛しているんだよ」

愛している。

その言葉が、ルーイの全身を満たした。

こんなことがあっていいのだろうか……ドクターが、自分を。

「じゃあ僕は……ドクターの側にいて、いいんですか？」

震える声で尋ねると、ドクターがしっかりと頷く。

「いてくれ。頼むから……私の側に」

涙で滲んだルーイの目に、ドクターが目を細め、顔を近寄せてくるのが見える。

瞼を閉じると、優しく温かい唇が、ルーイの唇に重なった。


辻馬車を拾ってドクターの家に戻ると、ドクターはポケットから鍵を取り出して自分で開けた。

扉を開け、

「お帰り」

そう微笑んでルーイを中に入れる。

家の中はしんと静まり返っていて、人気《ひとけ》はない。

「あの……バリー夫人は……サミィは……？」

「ああ」

ドクターは、ルーイに着せて抱きくるんでいた自分のコートをコート掛けにかける。

「バリー夫人の弟さんがまた、具合が悪くなってね。様子を見てきたいというので、サミィも一緒に連れていってもらったんだよ」

そう言ってから、ルーイの目を見てつけ加える。

「サミィは大丈夫だよ。絶対に私がルーイを見つけるからいい子にしていられるね、と言ったら……大丈夫、ルーイを見つけて、と」

ほんの数日の間に、そんなに喋れるようになっていたのか。

しかしルーイは、てっきりサミィを連れていったのは別な女性かと思っていた。

「僕……あの、ブレイルズフォードのお嬢さまが……サミィを連れていらしたのかと」

「ロズリンが？　いや」

意外な名前を聞く、というようにドクターが眉を上げる。

「あの人には、今回のきみの話はしていないよ」

「でも……あの」

ルーイは、ロズリン嬢のことを、どう自分の中で消化していいのかわからない。

「僕、てっきり……あの方と、ドクターが結婚なさるのかと……」

「ロズリンと！　私が⁉」

ドクターは驚いたように言って、はっとしたようにルーイを見た。

「もしかしたら……それもあったのかい？　きみが……いなくなったのは」

ルーイは躊躇いながらこくんと頷いた。

「違うんだよ、あの人はそんなんじゃない」

ドクターは慌てた口調で言い、ルーイの肩を抱き寄せて居間に入る。

居間の暖炉には火が熾してあり、ドクターはルーイをソファに座らせると、自分で石炭を足した。

火が明るく大きくなるのを確かめて、ルーイの足元の絨毯の上にじかに座り、ルーイの手を、その大きな手で包む。

「あの人はね、私の従姉《いとこ》だ」

「いとこ……？」

「母方のね。若く見えるが、あれで私よりも一つ年上なんだよ。ごく若い頃に許嫁《いいなずけ》を病気で亡くし、他の人とは結婚しないと言ってね。今は慈善事業に熱心で、自由になる自分の財産もある人だから、あのまま一人で生きていくつもりらしいよ」

結婚しない……女の人にそういう選択もあるのか、とルーイには意外だった。

「それに」

ドクターは苦笑する。

「私はあの人の前に出るとどうも緊張してね。私の母と親しくて、私が紳士的であるかどうか母の代わりにいつも気にかけているんだよ。服装が変だったり髪型がおかしかったり、きちんとエスコートできなかったりすると厳しいチェックが入る。子どもの頃からそうだから、私にとっては、丁重に扱わないと怒られる、怖い姉のような存在だ」

そうだったのか。

では、ロズリン嬢が来たとき、ドクターが妙にそわそわして服装や髪型を気にしていたのは「怒られる」のが怖かったからなのか……！

「僕……とんでもない勘違いを……」

ルーイは自分の思い違いが恥ずかしく、頬が赤くなるのを感じた。

ドクターはどこか嬉しそうに微笑む。

「それはもしかしたら……彼女に、嫉妬してくれたんだろうか。だとしたら私は、申し訳ないのと同時に……嬉しい気もするんだが」

そうなのだろうか。そうかもしれない。

「そもそも、私は他人と一緒に暮らせるとは思っていなかったからね」

ドクターは静かに言って、ルーイの手を握る、自分の手に力を込める。

「誰かと一緒に眠ることなど絶対にできないと思っていた。私は一生、不眠症という呪いと一緒に生きていくんだと思っていたからね……きみが現れるまで」

ルーイの目を見上げる瞳に、甘い熱が籠もる。

「どうしてきみの歌で眠れるのか、本当に不思議だった……だが、今ならわかる。私はきみの歌に、きみの魂を感じていたんだ。過酷な境遇の中で、堕落せず自分を保って生きてきた強さや高潔さや……自分のことで精一杯のはずなのに、弱いサミィを守り続けた優しさや……そういうものを」

ドクターの言葉が、ルーイには泣きたくなるほど嬉しい。

「そして、きみの歌は……まるで私を守り、安らがせたいと思ってくれているような気がしていた」

自分の歌でドクターが安心して眠ってくれ、大人の、ずっと年上のドクターの寝顔がまるで子どものようにあどけなく無防備に見えて、いとおしかった……そんなルーイの想いを、ドクターはちゃんと感じてくれていたのだ。

「ルーイ」

ドクターの声音が、真剣なものになる。

「私は、きみを愛している。きみに、側にいてほしい。正直に言ってそれは、キスをして……もしかしたら、できれば、きみのすべてを自分のものにできたら、という願望でもある。だが同時に、きみがそういう男たちの欲望の前で、不快な思いをさせられてきたことも知っている。だから、きみが望まないなら、きみのいやがることは何もしない」

その言葉に、ルーイの胸は熱くなった。

その思いやり、優しさ……けれどその奥で、ルーイを求めてくれている。

それならルーイも、自分の本当の心を知ってほしい。

「あなたは……最初から、他の人とは違っていました。触られても怖くない……いやじゃない……そして、僕が自分から触れたいと思った……ただ一人の人なんです」

「自分から……触れたい？」

囁くようにドクターが尋ね、ルーイは頷く。

「だから……だから、僕も」

ドクターの求めることを、自分も求めている。

ルーイはそう確信できる。

だが。

「ただ、僕……今、汚いです、何日も路上で」

一瞬瞬きをしたドクターの頬が緩んだ。

「……今すぐ、というつもりでもなかったんだが」

「あ」

思い違いに気づいてルーイが真っ赤になると、ドクターの笑みが深くなる。

「じゃあ、試してみよう、ゆっくり。まずは、身体を洗おう」

そう言って立ち上がると、ドクターはルーイを抱き上げた。

「あ、え」

居間を出て階段を上るのかと思ったら、ドクターはルーイを抱いたまま、キッチンへと降りていく。

キッチンから暖かい空気が漂ってきて、湯沸かしタンクが温まっているのだとわかった。

排水溝の前に、湯船が置いてある。

「きみが帰ってきたらまず必要かもしれないと思って、毎晩用意していたんだよ」

ドクターはそう言ってルーイをキッチンの椅子に下ろし、腕まくりをして、湯沸かしタンクからバケツに湯を汲んで、湯船に注ぎはじめる。

その腕が、意外に筋肉がついてがっしりしていることにルーイは気づいた。

だが、こんな労働をするための腕ではないはずだ。

「そんなこと、僕が」

ルーイが慌てて椅子から立ち上がろうとするのを、ドクターは止めた。

「きみはとりあえず、何かお腹に入れなさい。空腹のはずだ」

キッチンのテーブルの上に、チーズを挟んだ簡単なサンドイッチが載っていて、レンジにスープの鍋もかけてあった。

湯を汲む手を止めて、そのスープを皿によそってくれる。

「どちらも、買ってきたものだが」

ドクターは簡単に言うが、バリー夫人がサミィを連れて田舎に帰っていて、一人きりの生活の中で、ドクターは自分の食事をなんとかするばかりか、いつ見つかるかわからないルーイのためにこうして食べるものも用意してくれていたのだ。

確かに、この何日かまともなものは食べていない。

そう意識した途端に、おそろしく空腹なのをはっきりと意識し、ルーイはスープを食べ始めた。

じんわりと、内側から身体が温まっていくのがわかる。

その間にドクターは、今度は湯船に水を入れ、腕を入れてかき回して加減を見ている。

「そんなことを……ドクターができるなんて」

ルーイは思わず呟いた。

風呂の入れ方を知っているばかりか、ルーイにとってはなかなかの重労働であることを、易々《やすやす》とやってのけている。

「やろうと思えばなんだってできると思う」

ドクターは真面目に言った。

「だが、私の立場ではこういうことはするべきではないと思われているし、実際のところ、私のように使用人を雇うことができる人間が何もかも自分でやってしまうことは、我が家で働けるはずの何人分かの職を奪ってしまうことになるからね。バリー夫人の言うとおり、とにかく料理人と雑役婦はさっさと決めなくては」

ドクターの考え方が、使用人を雇うような階級の人の普通の考え方とはまるで違うのが、ルーイには驚きであると同時に、それが確かに、ドクターという人の素晴らしさなのだと思う。

だが。

「でも……僕の仕事は」

料理人と雑役婦が来たら、ルーイの仕事がなくなる。

するとドクターが立ち上がって微笑んだ。

「ルーイには大切な仕事があるからね、私を寝かしつけるという。さあ、湯加減はよさそうだ」

ルーイが立ち上がって湯船の脇に立つと、ドクターがルーイのシャツのボタンを外しはじめた。

「あの、自分で……」

「とりあえず今は、私にきみを甘やかさせておくれ。ただ、風呂に入れるだけ。それ以外のことは何もしないから」

それ以外のことって、と思いつつ、ドクターが甘やかしてくれるというのがくすぐったく嬉しくて、ルーイはドクターに委ねた。

ドクターは優しく、しかし確かに風呂に入るために脱がせるということだけを意識した手つきで、ルーイの服を脱がせた。

それでも全裸になるとさすがに恥ずかしく、ドクターのほうを見ないようにしながら湯船に入ると、ドクターが石けんを泡立ててくれる。

傍らでドクターに見守られながら身体を洗っていると、ルーイは次第に落ち着かない気持ちになってきた。

どうしよう。

なんだか落ち着かなくて……身体の奥で何かがうずうずと騒ぎ出して。

「……ルーイ、触ってもいいかい？」

ドクターが穏やかに尋ね……その声の中に優しく甘いものを感じながら、ルーイは頷いた。

ドクターの手が泡を掬《すく》い、ルーイの肩から腕にかけて掌を辷《すべ》らせる。

ただ事務的に洗っているのとは違う……優しい触れ方で。

「私にこうやって触られるのは、いやじゃない？」

慎重な口ぶりでドクターが尋ね、ルーイは頷く。

いやじゃない……ただ、ドクターの手が触れると肌の表面の神経が奇妙なざわつきを覚える。

掌が、腕から背中へ。

そしてまた肩へと戻り、胸へと向かい……ルーイが自分の乳首の場所を意識した瞬間、そこには触れずにまた肩へと戻っていく。

優しい、ただただ優しい手が、ルーイの肌を、ルーイの身体を、泡を纏《まと》いながら確かめている。

次第に、ルーイの中に焦れるような想いが生まれた。

自分だって、ドクターに触れたい。ドクターの肌を知りたい。

同じように自分の掌で、ドクターの裸体を想像してしまい——

見たことのない、ドクターの裸体を想像してしまい——

「あ……っ」

ルーイは、湯の中で自分の中心が勃《た》ち上がりかけているのに気づいて、ぎくりとした。

泡でドクターに見えはしていないだろう。

でも……でも。

「ルーイ」

ドクターがルーイの目を覗き込んだ。

その目の中に、熱を持った甘い笑みがある。

「……試してみる?」

何を、と尋くまでもなく、ルーイが赤くなって頷くと……

ドクターは傍らにあった大きなタオルを広げ、ルーイを立ち上がらせてその中にくるむと、軽々とルーイの身体を抱き上げてキッチンを出て、階段を上がった。

ドクターの寝室のベッドに下ろされると、ルーイはほんのわずか、怖くなった。

何をどうすればいいのだろう。

もちろん、男同士で身体を重ねる「やり方」のようなものは、実際にそこまでの経験はないとはいえ、知っている。

そのためには……少なくとも、ドクターのズボンの前を開けて……と思わずドクターのそこに目をやると、ドクターはふっと笑い、服を着たままルーイの傍らに身を横たえた。

額と額をつけて、ルーイの目を覗き込む。

「いいかい？　これからすることは、欲望を満たす行為じゃなくて……愛し合うことだ。少しでもいやだと思ったら、無理強いは絶対にしない。私が望むのは、二人で幸せな気持ちを味わうことなんだから、きみが幸せな気持ちになれないことはしない。だから、少しでもいやだと思ったら、正直にそう言うこと。いいね？」

愛し合うこと……二人で幸せな気持ちになること。

その言葉を聞いただけで鼓動が速くなり、これからすることへの期待が高まる。

いやだ、などと思う瞬間があるのだろうか。

「じゃあ、キスから……私がきみを好きなことを表す、最初の一歩だ」

ドクターが低く甘い声でそう言って、ゆっくりと唇を重ねてくる。

優しい、温かい唇。ルーイの唇に優しく重なり、押しつけ、軽く吸っては離れ、そしてまた重なる。

ルーイの唇がかわいいのだ、ただただ触れて愛《め》でたいのだ、と言っているかのような。

そしてルーイも、ドクターの唇の感触が嬉しくいとおしく、もっと触れたい、触れてほしい、という気持ちが高まっていく。

解けた唇の間からドクターの舌が忍び入ってきたときにも、いやな感じなどみじんもなかった。

口の中をくまなく探られ、混じり合った唾液は甘く、いつしか、ぎこちなく自分からも舌を絡め返す。

「んっ……っ」

鼻から甘い息が洩れた。

次第に頭がぼうっとしてくる。

その間にドクターの手が、ルーイの身体を優しく探った。

先ほど湯船の中で触れたように、肩から腕、腕から背中、背中から首筋、そして胸へ。

優しく、いとおしむように。

それなのに、親猫が仔猫を舐めるようにかわいがっているのとは違う、何か……落ち着かないうずうずとしたものが、ルーイの肌に生まれてくる。

もっと。

もっと触って。

ドクターの手が触れるごとに、肌のそこここに熱が点り、それが全身に広がっていく。

指先が、偶然のように乳首を軽くかすめた。

思いがけない、ずくんとした疼きがルーイの全身を走る。

「……んっ、ん」

そのまま離れようとする指を追いかけるように、ルーイは胸を反らしていた。

掌全体で、肉づきの薄い平らな胸を撫でられると、くすぐったい、だがそれだけではないもどかしさが生まれる。

指が、乳首に触れるか触れないかのあたりで小刻みに動かされる。

二本の指で摘まみ、軽く引っ張られると、腰の辺りから生まれた熱が背筋を駆け上がったように感じた。

これは、なんだろう。

乳首なんて、触られても痛いだけだと思っていた。乱暴に抓られたり噛まれたりして、自分を苛《さいな》むために相手が使うものだと思っていた。

それなのに、こんなに……気持ちが、いい。

「……ふっ、ん……んあっ」

重ねられていたドクターの唇が離れ、思いがけない大きな声が出て、ルーイは真っ赤になって両手で自分の口を覆った。

ドクターが目を細め、ルーイを見つめる。

「いいんだ、声を出して。その声で、きみがいやじゃないんだと、わかるから」

そうなのだろうか。

それでも声が出るのは恥ずかしく、なんとか堪えようとするのだが、ドクターがルーイの胸に顔を伏せ、唇で軽く挟んだり、舌先で乳首を転がしたりすると、結んだ唇の間から声が出るのを止められない。

「んっ……ん、やっ……あっ……っ」

長いこと乳首を弄られて、身体の中にどんどんと熱が溜まっていき、それを逃がす場所がなくて、ルーイは首を左右に振るしかない。

もっと……もっと……なんだろう？

自分でもそれがわからずにいると、ドクターが乳首から離れ、腹にキスをしはじめた。

臍《へそ》の周りにキスをされると、むずがゆいような気持ちになる。

そして、ドクターの手が腿《もも》を撫で上げ、ルーイの金色の草むらを指先でくすぐるようにして、とうとう性器に触れた。

「あ……っ」

ルーイは思わず声を上げてのけぞり、慌てて自分の股間を見下ろした。

いつの間にか、固く勃ち上がっている。

まだドクターの手は何もしていないのに。

全身を掌と唇で愛されただけで、こんなふうになっている。

これまで、客が無理矢理ルーイの性器を勃起させようとする行為に感じたことなど一度もなかったのに。

「……ちゃんと感じているね」

ドクターが甘やかな声で言った。

「そうやって、感じてくれているきみの姿が、どれだけ美しいかわかるかい？　その姿を見られることが、どれだけ嬉しく……幸せか」

ずん、とドクターの言葉がルーイの深い部分に届いた気がした。

自分が感じていることで……ドクターが幸せな気持ちになってくれる。

この行為は、そういうことなのだ。

ルーイは、頭の中で、かつて「客」にされたことと、今ドクターにされていることを比べるのをやめた。

あれは、全然違うことだったのだ。

比べるようなことですらなかったのだ。

ドクターは軽くルーイの性器を握り、そして幹に唇をつける。

「あ……んっ」

舌で幹を舐め上げられただけで、性器はさらに、痛いほどに膨らむ。

唇が、先端に触れる。

そしてすっぽりと、ルーイのものが熱を持った粘膜に包まれた。

「あ、あっ……、く、うぅ……んっ」

手と舌と唇で、何をどういうふうにされているのかもわからなくなり、ルーイはただただ溢れ出てくる快感に身を委ねた。

そしてこの快感には、頂点があることを……ルーイの身体は知っている。

そして、ただただ快感に身を委ねていれば、それが訪れることも。

腰の奥に渦巻いていた熱が、出口を見つけ——押し寄せる。

「あ……っ、あ——」

ルーイはのけぞって、達した。

一瞬意識が飛び、頭の中が真っ白になり……耳に自分のはあはあという息だけが妙にはっきりと聞こえ……

ようやく息が収まってきて目を開けると、ドクターがルーイの顔を間近で見つめていた。

「あ……僕……」

ドクターに導かれて達してしまったのだ。

恥ずかしくていたたまれないルーイに、ドクターが優しく言った。

「きれいだった……きれいでかわいかった、私のルーイ」

私のルーイ。

そう呼ばれることが、恥ずかしく、嬉しく、どうしていいかわからない。

しかしすぐにルーイは、自分だけが気持ちよくなって、ドクターは服を脱いでさえいないことに思い当たった。

「あの……今度は……僕が」

「ん？　いや」

おずおずとドクターの脚の間に手を伸ばすと、確かな熱を持ったものが、ズボンの中に息づいている。

しかしドクターはわずかに腰を退いて、ルーイの手から逃れた。

「お返しをしなくてはと思っているなら、いいんだ。きみが……こういうことがいやじゃなくて、私がきみを気持ちよくしてあげられたのなら」

お返しではない、とルーイは思った。

そういうことではなくて……

「僕も……僕だけじゃなくて……ドクターも、一緒に……気持ちよくなって、ほしくて」

「……かわいいことを言うね」

ドクターは困ったように微笑んだ。

「その気持ちは嬉しいんだが……どうしようか。じゃあ、手を貸してくれる？」

ルーイの手で、ドクターを。

そうじゃない、いや、ドクターが望んでいるのが本当にそれだけならそれでもいいが、ルーイにはそれだけでは足りない気がする。

「もっと……僕は……僕の中で、ドクターを知りたい……」

言ってしまってから、ルーイは耳まで赤くなるのを感じた。

でも、本当なのだ。

自分の中で、ドクターを感じたい。

他の相手だったら、絶対に踏み込まれたくなかった自分の内側で好きな人を感じるというのがどういうことなのか、知りたい。

「……困ったな」

ドクターは瞬きする。

「私だってもちろん、ルーイの中を知りたい。だがきみは、本当に大丈夫？」

ドクターも望んでくれているのだ、と思った瞬間、またルーイの腰の奥に、じわりと熱が籠もった。

こくんと頷くと、ドクターはルーイの身体をぎゅっと抱き締め――

そしてベッドの上に膝立ちになると、着ているものを脱ぎはじめた。ネクタイを片手で引き抜き、ベストとシャツのボタンをはずして、一緒くたに脱ぎ捨てる。ズボンの前を開け、下着と一緒に引き下ろす。

ルーイはうっとりと、ドクターの身体を見上げた。

背が高く、肩幅が広く、手足の長いすらりとした身体に、流れるような美しい筋肉が乗っている。

胸板は厚すぎず、腹は引き締まっている。

労働者の身体とは違う……スポーツをして鍛えた身体、なのだろうか。

ストラトベリーを殴ったときに、ボルトン氏が大学のボクシングチャンピオンと言っていた記憶がちらりと脳裏をよぎった。

そして、脚の間から、すでに半ば頭を擡《もた》げているもの。

自分に向けられている……自分を欲してくれているのだと思うと、鼓動が速まる。

ルーイの視線に、ドクターはちらりと照れたような笑みを浮かべ、そしてルーイに覆い被さってきた。

両手を広げて、ルーイはドクターの身体を受け止めた。

心地いい重みとともに、素肌と素肌がぴったりと重なる。

「あ……」

それだけで、ルーイは幸福感で胸がいっぱいになる。

「ルーイ、いやだったら言うこと。いいね？」

ドクターがルーイを見つめて念押しするように言い、そしてまた唇を重ねてくる。

深く貪るようなキス。

先ほどよりは少し荒々しく口の中をまさぐる舌の動きが、ドクターの欲望を感じさせて嬉しくなる。

ドクターの手がまたルーイの全身をまさぐり、ルーイもドクターの肩や背中に夢中で手を辷らせ、掌に伝わる心地よさにうっとりとなった。

ドクターの唇が、頬から耳へと移動し、軽く耳朶《じだ》をくすぐる。

「やっ……あっ」

ぞくんと快感が走った。

耳朶を舐めくるむようにして愛撫《あいぶ》されていると、全身がうずうずとしてじっとしていられなくなる。

「あ……っ、あ、んっ……っ」

声が止まらない。

首筋、鎖骨、そんなところにもいちいち快感の種があるのだと、ドクターの唇が教えてくれる。

どこから生まれてくるのかわからない熱がルーイの全身を駆け巡り、もうそれだけでルーイは息も絶え絶えになった。

肘の内側、指先、そして脚の甲から膝まで、ルーイの全身にくまなく唇を落とし、そしてドクターの手が優しくルーイの身体を俯《うつぶ》せに返した。

唇が、今度は背骨を伝って下へと降りていく。

予感はあった。知識もあった。どこを使うのか。

だが……

「ああっ……！」

ドクターの手がルーイの臀を左右に押し広げ、そこに舌先が触れた瞬間、思いもかけない快感がルーイの背筋を駆け抜けた。

「ああ、あっ、あっ」

そんなところに、おそろしく敏感な神経がむき出しで集まっているかのようだ。

襞《ひだ》を舐め蕩《とろ》かす舌の動きが、腿がぶるぶると震えるほど気持ちいい。

唾液を纏った舌先が、ルーイの中に入り込む。

そして、その舌に沿わせるようにして、何か固いものが入ってきた。

指、だ。

あの、長い指のどれかが、自分の中に入ってきたのだと思うだけで、勝手に腰が浮き、指の動きを助ける結果になってしまう。

あの、自分の中に踏み込まれることへの恐怖も嫌悪も、まるでなく……

ただただ、もっと、と……それだけで頭がいっぱいになる。

それでも指が増えたときには圧迫感があった。

「くっ……っ」

ルーイの声にわずかに苦しげなものが混じったのを悟ってか、ドクターの指はじっくりと、丹念に、ルーイの中を押し広げていく。

内壁を指で押し、ぐるりと回しながら奥へと入ってくるのがはっきり感じ取れる。

さらに唾液を送り込みながらゆっくりと抜き差ししているうちに、くちゅくちゅと音が響き出し、動きが滑らかになってくる。

「あああ、あっ……んっ、くっ……うぅ……っ」

ルーイの声が、甘く尾を引くようなものに変わったのを見計らってか、ふいに指がぐちゅりと音を立てて引き抜かれた。

急に自分の中が空っぽになってしまったように感じ、ルーイは驚いて振り向く。

するとドクターが、ルーイの身体を仰向けにし、膝の間に身体を入れてきた。

「……ルーイ、いいか?」

少し辛そうに眉を寄せ、ドクターが尋ねる。

ルーイの腿に、ドクターの猛ったものが当たっている。

欲しい。

ドクターを、ちゃんと、欲しい。

自分の中で、ドクターを感じたい……！

ルーイは、自分の頬が火照り、息が切れているのを感じながら、頷いた。

ドクターの両手が、ルーイの膝を曲げさせ、胸のほうに押しつけた。

見られている……ドクターの前でおそろしく恥ずかしい格好をして、恥ずかしい場所を全部曝《さら》している、と思ったとき。

熱いものが押し当てられた。

大きい……指とは比べものにならない大きさ。

押しつけられ、広げられ、そして踏み込まれる。

「くっ……んっ……っ」

「ルーイ……息を吐いて」

ドクターの苦しげな声に、ルーイは自分が息を詰めていたことに気づいた。

「っん、う、あ……あああ……っ」

息を吐くのと同時に、熱い塊が奥まで入ってきた。

「あ……あ、あ」

みっちりと、自分の中が満たされる。

「ルーイ、ルーイ……入った」

ドクターが苦しげに言いながら、ルーイの上に上体を倒してきた。

「はっ……あ、あっ」

繋がりがさらに深くなる。

ドクターの手が、乱れて額に張りついていたルーイの金髪を優しくかき上げた。

鳶色の瞳がルーイの目を覗き込む。

「大丈夫か？　痛くない？」

「な……い」

なんとかルーイは首を振る。

圧迫感はあるが、痛みとは違う。

自分の内壁が、脈動しながらドクターのものを包み込み、締めつけているのがはっきりとわかる。

こんなにも深く、人は繋がり合えるのだ。

愛する人と。

そう思った瞬間、ルーイの目から、涙がこぼれた。

「ルーイ？　無理なら……」

ドクターが慌てて引きかけた腰に、両脚を絡めて引き止める。

「ちが……、幸せ、で」

「……ルーイ」

どくんと、ルーイの中のドクターが脈打ち、体積を増した。

「そういうことを言うと、我慢できなくなる」

「がま、ん……なん、てっ」

ルーイが首を振ると……

「うん、もう我慢はしない」

ドクターがふっと笑って言った。

その笑みがふいに、何かこう……物騒なものに見え、それが怖いどころか、むしろドクターの温和な顔をどこか野生の獣のように見せて、ルーイはどきりとする。

ドクターの中にある、誰も知らない牡《おす》の顔を、今こうして、ルーイだけに見せてくれている……そう思うと、嬉しくてぞくぞくする。

「ルーイ」

熱っぽく呼んで、ドクターはルーイに口づけた。

唇を貪りながら、腰を動かしはじめる。

力強い律動が、ルーイの身体を翻弄《ほんろう》する。

気持ち、いい。

身体の快感と、心の幸福感が渦を巻いてひとつになり、ルーイの全身を満たしていく。

「あ……あ、あっ……んっ、んっ」

「ルーイ………っ」

苦しげにドクターがルーイを呼ぶその声が、いとおしい。

このまま、繋がったところが生み出す熱で、二人ともどろどろに熔《と》けて、そして一つの塊になってしまえばいい。

そんなことを思いながら、ルーイの意識はいつしか空に浮かんだようになり……

「くっ……っ……っ」

ドクターが身を固くした。

ルーイの中のものが、数度大きく痙攣《けいれん》し、熱いものを吐き出す。

それを感じながら、ルーイは意識を手放していた。


ぼんやりと、目覚めてくる。

自分が「幸福」という名前の何かに包まれているように感じながら。

次第にそれが誰かの腕であり胸であることに気づき——

ルーイははっと目を開けた。

馴染みがあるようなないような、不思議な感じの部屋。

だが次の瞬間には、ドクターの寝室だとわかった。

自分をゆるく抱き締めているのがドクターの腕であることにも。

そうだ……と、昨夜のことを思い出す。

部屋のカーテン越しに入る光から、外はもうかなり日が高くなっているのだとわかる。

どうしよう。

起きて、朝の支度をしたほうがいいのだろうか。

レンジの掃除をし、火を焚《た》いて、湯を沸かして、朝食の準備をして。

しかし、この気怠《けだる》い幸福感の中に、まだたゆたっていたい気もする。

ドクターの顔が見たくて、広い胸に埋《うず》めていた顔をそっと上げると……

鳶色の瞳と目が合った。

「あ」

ドクターが微笑む。

「おはよう」

いつものように穏やかで落ち着いていて……それでいてどこか、甘さを含んだ声。

「よく眠れたかい？」

「あ、は、はい」

いったいどの時点で自分が眠ってしまったのかもわからない。

記憶の尻尾《しっぽ》にあるのは、自分の身体の中で、ドクターが……

その感触を思い出し真っ赤になったルーイの額に、ドクターが唇をつける。

「私もね、ぐっすり眠った。驚いたよ」

そういえば、昨夜は歌を歌っていない……それどころではなかったのだが……

「僕の歌がなくても……眠れた、んですか？」

それならそれでドクターのためには嬉しいことだが、自分の歌が必要でなくなるのなら
ちょっと寂しいようにも思う。

しかしドクターは何か考えるように視線を空に泳がせた。

「いや……きみがいない間、ほとんど眠れなかった。もちろん、きみが心配だったという
こともあるが……なんとかして眠らなくてはと思って、きみの歌を思い出そうとしても、
うまくいかなかった」

そう言って、ルーイを見つめる。

「それなのに昨夜は、私の腕の中で眠るきみを見つめているうちに、頭の中にきみの歌が
流れてきたような気がして……気がついたら眠っていた。ぐっすりだ」

そして、何か思いついたように目を輝かせた。

「そうか。つまり、きみが側にいてくれればいいんだ」

「側に……？」

「そう、こうして私の腕の中にいてくれるだけで、私の中に、きみの歌声が蘇る。私に必要なのはきみの歌声だけじゃなく、きみの存在そのものなんだよ」

嬉しそうにドクターがそう言って、ルーイも嬉しくなる。

するとドクターの瞳が急に真面目ないろを帯びた。

「……ルーイ、シャンロンのところに行ったかい？」

ルーイははっとした。

「は、はい……行きました……でもあの方も結局、その……僕を……」

「いやな目に遭ったんだね」

何があったのかをすぐに察して、すべては言わせずドクターが引き取る。

しかしルーイは言わずにはいられない。

「僕、やっぱり……自分の中に何か、悪いものがあるんじゃないかっていう気がして……どこに行ってもああいう目に遭うのは、僕が」

「黙って」

ドクターの人差し指がルーイの唇に押し当てられた。

暖かな羽布団の下で、ドクターが身体を少しずらし、ルーイを正面から見つめる。

「きみは悪くない。悪いのは、相手の男たちだ。彼らは……きみの美しさに惹《ひ》かれて、しかしその惹かれる気持ちをただの肉体的な欲望としか結びつけられなかった。それをきみのせいにするのは、そういう自分を認めたくない自分への卑怯《ひきょう》な言い訳だよ。それは彼らの心の中の問題であって、絶対にきみのせいじゃない」

きっぱりと言ってから、声音をやわらげる。

「少しでもきみと人間的なやりとりをすれば、きみの美しさが外見だけではなくて、内側から輝くものに支えられているのだとわかっただろうに……不幸な奴らだ」

欲望の対象にしかならない自分が、汚れているとルーイは思っていた。

だがドクターがそう言ってくれるのなら、ドクターの言葉が正しいのだと思える。

すうっと、気持ちが楽になっていくような気がする。

やはりこの人はすごい人だ。

「ああ、それで……そういう意味で尋ねたんじゃないんだ」

ドクターはそう言ってベッドから上体を起こし、脱ぎ捨ててあったシャツを引き寄せて羽織った。

「シャンロンのところで、額に入って壁にかけてあった楽譜があったのに気づいた？」

「……はい」

シャンロン氏はルーイに、その楽譜を読めるかと尋ねたのだ。

「あれを……昨日、彼のところから無理矢理貰い受けてきた」

そう言って、ドクターはベッドサイドのテーブルの引き出しから、数枚の紙を取り出した。

楽譜。

「この曲はね、ルーイ」

ドクターがルーイをじっと見つめた。

「きみが歌った、あの川下りの歌だよ」

「え」

驚いてルーイも身を起こした。

楽譜を覗き込む。

譜面は読めないが、音符の下に書いてある文字を目で辿っていくと……確かにそれは、あの川下りの歌の歌詞だ。

ルーイが記憶していなかった部分もちゃんと書かれている。

小舟の中で、愛しい人が自分の膝で眠るのを見つめ……その人との永遠の愛を得るために、川上にあるすべてを捨てて川を下っていこう……そういう歌詞。

「どうして……この歌は……」

「これは昔、フランス人の歌手、ララ・フローベールという女性が歌った歌だ」

ドクターはそう言って、毛布を引き寄せてルーイの身体を包んで、そのまま背後から抱き締めてくれる。

「劇場ではなく、サロンで歌っていた人だ。今となっては名前も本名かどうかわからないが、声も顔立ちも姿も美しく、いくつかのサロンで評判になって、大きいホールで歌わせたいというパトロンも出てきた矢先に、彼女は引退してしまった」

「……どうして……？」

「彼女は恋をしたんだよ」

ドクターは切なげに微笑む。

「そして、そのただ一人の人のためだけに歌いたいと、人前で歌うことをやめたんだ。歌手を続けたままでは、パトロンたちの機嫌をとり続けるために、決まった相手を作ることはできない……女性歌手には特にそういう厄介な事情があったからね。そしてこの歌は、彼女を崇拝していた若い作曲家が、そういう彼女のために書き……彼女はこれを、最後にとあるサロンで一度だけ歌い、そして姿を消した」

歌手として未来が開けていたはずなのに、ただ一人の人のためだけに歌いたいと言って引退した、美しいフランス人の歌手。

その人が一度だけ歌った歌が、どうして自分の記憶の中にあるのだろう。

すると、ドクターが静かに言った。

「ルーイ、その人は……ララは、おそらくきみのお母さんだ」

「え」

驚いてルーイは、自分を背後から抱くドクターを振り返った。

「お母さん……僕の……？」

ドクターは頷く。

「ああ。シャンロンはララに求愛していた男たちの一人だったが、ふられたのだろう。後になって、ララが流行り病で亡くなったと人伝《ひとづ》てに聞いたようだ。つましい生活をしていたようで借金もあり、わずかな家財が競売にかけられたので、そのときこの楽譜を手に入れたらしい」

つましい生活をして、流行り病で亡くなった。

その人の……「ただ一人の人」は？

「彼女の夫も、同じ時期に同じ流行り病で亡くなり、どうやら幼い息子が一人いて、引き取り手がなく孤児院に送られたらしいが、正確な記録はない」

「……それが……それが……僕……？」

ルーイの声が震えた。

「確かだと思う。年齢も合うし、シャンロンはきみがララによく似ていると認めたし、何よりきみはこの歌を知っていた。幼いきみに、子守歌としてララが聴かせていたとしか思えない」

そういえばシャンロン氏は、ルーイの中に、求めて得られなかった誰かの面影を見ているように思えた。

それがルーイの母だとするなら。

人前では一度しか歌わなかったはずの歌をルーイが知っている理由にも説明がつく。

自分には……母がいたのだ……！

親なんていたかどうかもわからないと思っていた。

ロンドンの路上には、親の顔も名前も知らない浮浪児が大勢いて、自分もその一人に過ぎないと思っていた。

だが自分には、愛する人のためにすべてを「川上にあるすべてを捨てて川を下って」行きたいと思える、愛する人がいたのだ。

それが母の夫であり、自分の父。

自分は、その二人の子どもだったのだ……！

「ララはフランス人だったから、おそらくきみの名前はルイなのだろう。それをお母さんがルーイと呼んだのを、きみは覚えていたのだろう」

ルイ。

自分の、本当の名前。

「……ルーイ」

ドクターがルーイを後ろからぎゅっと抱き締める。

「私はたぶんね、そのララの最後の歌を聴いたんだよ」

「え……?」

「どうやら最後に歌ったのは、私の母のサロンだったらしく……子どもだった私はどういう理由でだったか片隅に紛れ込んで、ララが歌ったこの歌を聴いたんだ」

腕の中でルーイの向きを変えさせ、正面からルーイを見つめる。

「子供心にも、優しくて、幸せで切なくなるよう歌だった。そして歌そのものを忘れてしまってからも、その幸せな感じだけは覚えていて……不眠に悩むようになってからも、あの幸福感さえあれば眠ることができるのに、と思っていた。きみがサミィに歌っていた子守歌にも同じ優しさがあったから……あの瞬間、私は自分が無意識のうちに長いこと探し求めていたものに巡り会ったと思ったんだよ」

ドクターはずっと、母の歌の中の「心」を求め続け……それをルーイの中に見つけてくれた。

ルーイは、これまでずっとあやふやだった自分の存在が確かなものになるのを感じた。

そしてそれを与えてくれたのは、ドクターなのだ。

「ドクター」

ルーイは、ドクターの胸に縋りついた。

「僕は、母の気持ちがわかります。僕も、大勢の人の前で歌うんじゃなくて、僕の歌を必要としてくれて、僕を愛してくれて、僕も愛している、そういう人のためだけに歌いたい……！」

今それがはっきりとわかる。

小規模なサロンで歌うのは、嬉しかった。しかしその嬉しさの中には、歌うことでお金を稼ぐことができるという喜びもあったと思う。

そして大きな劇場で歌うためには、シャンロン氏が言ったように、自分が歌いたいように歌うだけでなく、一定の決まり事を守り、お客が求めるように歌わなければいけない部分があるらしく、それはむしろ自分には苦痛だ。

つまり、職業歌手には向いていない、職業歌手になるための何かが自分には欠けているのだろう。

ドクターがわずかに躊躇うような表情になる。

「私は……もしきみが望むのなら、誰かきみと相性のよさそうな先生を探して専門的に勉強してもらうことも考えていたんだが……」

ルーイは首を振った。

「歌は……歌は、自分が歌いたい人のためだけに歌います。仕事は仕事で、僕にできる別なことをしたい」

「……それなら」

ドクターは微笑んだ。

「きみの歌は、私だけのものにしてもいいんだね？　ああ、それからもちろん、サミィも」

「はい、もちろんサミィも」

サミィが子守歌を必要とする子どもでいる間は、サミィのために歌いたい。

だがいつかサミィが子守歌を必要としなくなれば……

「その先は……あなたのためだけに」

ルーイがそう言うと、ドクターは唇に甘い笑みを浮かべ……その甘さのまま、ルーイに口づけた。


「ルーイ！」

馬車から降りたサミィが、両手を広げているルーイに向かって、転がるように走ってきた。

「ルーイ！　あえた！　もう、どこにも、いかない？」

「行かないよ！」

ルーイはサミィを抱き締めた。

「ばりーさんが、ゆったの！　これからルーイはずっと、いっしょだって！」

サミィの言葉は、まだ少したどたどしいものの、つい先日までまったく喋れなかったことを考えると驚くほど滑らかだ。

サミィの中にはちゃんと「話す」力が育っていて、何かのきっかけさえあれば外に向かって溢れ出す準備ができていたのだとドクターは言った。

ドクターの家で安心し、一度気持ちが安定したあとで、大きなショックを受けた。ルーイと離ればなれになってしまうかもしれないという怖さと、自分が邪魔なのではないかという悲しみと……そしてやはりルーイと一緒にいたいという強い願いと。

そして半分眠りながらルーイの顔を見たことで、サミィの中で固まっていた何かが溶けだし……それが言葉となって溢れ出たのだ。

ショック療法のようなものだったのだろうか。

辛い思いをさせてしまったが、そのぶん、これからもっともっとかわいがろう、とルーイは思う。

「よかったわ、ルーイ」

馬車に支払いをしたバリー夫人が笑顔でルーイに言った。

「あなたがいなくなってからの旦那さまは見ていられませんでしたよ。あなたが旦那さまに必要な人なら、私にとっても同じこと。戻ってきてくれて本当に嬉しいわ」

心からそう言ってくれているのがわかって、嬉しい。

ロズリン嬢との縁談の話は、生活について実際的でないドクターのことを心配したバリー夫人の、ドクターと親しげなロズリン嬢のようなタイプの方なら……という願望でしかなかったのを、ルーイが決定的な話だと誤解しただけだったのだ。

ルーイとサミィのことを「このままではいけない」と言っていたのも、引き取るなら引き取るで将来のことをきちんと考えてやり、立場を整えてやるべきだ、という意味だったらしい。

ドクターが、結婚する気はないとバリー夫人に告げ、ルーイをサミィのことも中途半端に面倒を見るのではなく、正式に後見人として引き取り、成人まで責任を持つのだと言ったことで「そうきちんと決まったのなら」とすんなり納得してくれた。

そしてドクターのほうも、バリー夫人の願いを聞き入れて、料理人と雑役婦をとうとう決めた。

応募者の中から、特に生活に困っている人を、と注文をつけたのは、いかにもドクターらしい。

立場が「使用人」ではない「被後見人」となったことで、ルーイとサミィはドクターが望むように、一緒に食卓につけることになった。

そして二人は、学校に通うことになった。

サミィは驚くほど利発で飲み込みが早く、ドクターは、サミィが望むのならそれこそ医者や弁護士にだってなれるかもしれないと驚いている。

ルーイも、勉強が面白く、学びたいことがたくさん出てきた。

小さな秘密の野心もある。

ドクターの仕事の手伝いができるようになりたい……薬学を学ぶとか、看護人の訓練を受けるとかして、将来はドクターの助手のような立場になりたい。

そうして、ドクターと一緒に、貧しい人々を助けたい。

それまでは……ルーイにできることで、ドクターの役に立つ。

歌うことで。

夜、眠りにつく前に、ルーイはベッドの中で、ドクターの腕の中で、川下りの歌を歌う。

そして先に眠りについたドクターの顔を見つめながら、そっとベッドを辷り出て、サミィのところに戻る。

愛し合う夜は別だ。

身体を重ねる幸福な夜は、ルーイはそのままドクターの腕の中で眠りにつく。

明け方、サミィが起きる前に、自分のベッドに戻る。

だがじきに、サミィも一人で寝られるようになるはずだ。

そうなったら……

幸福なある夜、そんな話をベッドの中でしていると、ドクターは、

「私のナイチンゲールは、朝になっても飛び去らないようになるんだね」

そう甘く言って、ルーイに口づけた。

あとがき

このたびは「倫敦夜啼鶯」をお手に取っていただき、ありがとうございます。

ロンドンナイチンゲール、と読みます。

今回は仮タイトルがほぼそのまま採用となり、まれに見るスムーズさで決まってほっとしております。

十九世紀のロンドンのお話です。

イギリスの歴史については、王さまや貴族の話が面白くていろいろ本を読んだりしているうちに、だんだんこの時代の庶民の話が面白くて掘り進んでしまった、という感じで、気がついたらすっかりはまっていました。

シャーロック・ホームズの時代ですし、資料や小説も多く、お好きな方も多いのではないかと思います。

そんな中で、なぜか主人公はよりによって浮浪児。

貧しい暮らしの中、必死に生きている子が、幸せになるお話を書きたいな、と思ったわけです。

主人公と一緒に、幸せな気持ちになっていただければ幸いです。

今回は八千代ハル先生にイラストを描いていただけるということで、それならばぜひ、現代物ではなく、何か時代物の雰囲気のあるお話にしたい、と思いました。

素敵なドクター、美しいルーイ、そしてとにかく可愛いサミィに悶絶です！

本当にありがとうございました！

担当さまにも、今回も大変お世話になりました。

今後もよろしくお願いいたします。

そして、この本をお手に取ってくださったすべての方に御礼申し上げます。

このあとがきを書いている現在、世の中はコロナ肺炎で大変なことになっています。

この本が出る時までには、少しはおさまってくれているでしょうか。

皆さまもどうぞ、くれぐれもお身体にお気をつけてお過ごしください。

また次の本でお目にかかれますように。

夢乃咲実

夢乃咲実先生、八千代ハル先生へのお便り、
本作品に関するご意見、ご感想などは
〒101-8405
東京都千代田区神田三崎町2-18-11
二見書房　シャレード文庫
「倫敦夜啼鶯」係まで。

本作品は書き下ろしです

CHARADE BUNKO
倫敦夜啼鶯《ロンドンナイチンゲール》

【著者】夢乃咲実《ゆめのさくみ》

【発行所】株式会社二見書房
東京都千代田区神田三崎町2-18-11
電話　03(3515)2311［営業］
　　　03(3515)2314［編集］
振替　00170-4-2639
【印刷】株式会社 堀内印刷所
【製本】株式会社 村上製本所

落丁・乱丁本はお取り替えいたします。
定価は、カバーに表示してあります。

ISBN978-4-576-20075-0

https://charade.futami.co.jp/